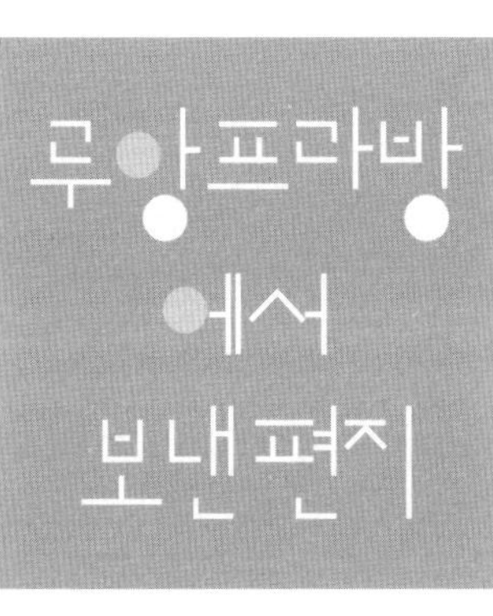
루앙프라방
에서
보낸편지

작은숲시선 046

루앙프라방에서 보낸 편지

2025년 12월 22일 제1판 제1쇄 발행

지은이 신현수
펴낸이 강봉구

펴낸곳 도서출판 작은숲
등록번호 제406-2013-000081호
주소 경기도 파주시 와석순환로 307, 1107-101
전화 070-4067-8560
팩스 0505-499-8560
홈페이지 http://www.littleforestpublish.co.kr
이메일 littlef2010@naver.com

ISBN 979-11-6035-169-9 03810
값은 뒤표지에 있습니다.

작은숲시선 046

신현수 시집

루앙프라방에서 보낸 편지

루앙프라방에서 보낸 편지

작은숲

| 시인의 말 |

1

사소한 일이지만, 지난 1985년 시를 써 봐도 되겠다고 박희선, 김규동 두 스승님께 허락받은 지 올해로 만 40년이 된다. 1989년 해직과 동시에 호서문화사에서 나온 '슬픈' 첫 시집 『서산 가는 길』 이후, 비교적 규칙적으로 5년마다 시집을 냈더니, 이번 시집 포함 벌써 여덟 권이나 됐다. 지난 40년 동안 너무 많은 얘기를 했고, 너무 많이 썼다. 그래서 2019년 7집 『천국의 하루』 출간 후 그만 내야겠다고 마음먹었었다. 그 이유는 다른 게 아니었다. 내 시라는 게 비유와 상징에 힘쓰는 것도 아니니, 시 편편마다 감동적이고 새로운 이야기, 약간의 깨달음, 무엇보다도 독자들을 울리거나 웃기는 눈물과 슬픔이 있어야 겨우 시가 되는 것인데, 감동과 눈물과 깨달음이 자판기 찍어 내듯이 되는 게 아니기 때문이었다. 그런데, 지난 2017년 라오스로 여행을 떠났다가 뜻하지 않게 루앙프라방 방갈로 초등학교와 인연을 맺은 후 봉사활동을 다니게 됐고, 또 뜻하지 않게 루앙프라방에 땅을 사서 한글학교까지 세우게 되니, 그 과정 중에서 약간의 새로운 이야기와 깨달음이 생겨났다. 그래서 소위 등단 40주년도 자축할 겸 이번에 8집 한 권만 더 내 보기로 마음먹었던 것이다.

2

마치 기다렸다는 듯, 내가 은퇴한 2020년부터 어머니의 치매가 시작됐다. 그 후 섬망, 의심 등등 치매의 모든 과정을 거쳐, 〈시인의 말〉을 쓰고 있는 2025년 11월 현재는 자식들 그 누구도 알아보지 못하고, 24시간 침대에 누워 계신다. 가끔 뭐라고 하시지만, 그건 이미 말이 아니라 외마디 또는 중얼거림이다. 돌아가실 때까지 집에서 모시기로 형제들이 의견을 모은 후, 요양 보호사를 포함한 모든 가족이 24시간 당번을 짰고, 매일 어머니 혼자 사시던 집으로 가서 어머니 옆을 지키고 있다. 은퇴 후부터 붓글씨와 그림 공부를 시작했는데, 당번 날 주로 어머니가 주무시는 시간을 이용해 붓글씨와 그림 연습을 했다. 내 글씨와 그림이 아직 멀었지만, 만약 어머니가 아니었다면 지금보다 훨씬 더 형편없었을 것이니, 어머니의 치매는 참으로 고마운 일이 아닐 수 없다.(ㅠㅠ) 마음을 다스리려고 노력하지만, 그러나 아직은 도가 많이 부족해 어머니 똥오줌 기저귀를 갈 때마다 온갖 잡념이 떠오르고 마음이 흔들린다. 어떤 날은 눈물도 난다. 눈물의 뜻은

나도 모르겠다. 어머니를 향한 연민의 눈물인지, 아니면 분노의 눈물인지, 그것도 아니면 어떻게 할 수 없는, 어쩌지 못하는, 뭐가 옳은지 그른지 잘 모르겠는, 나 스스로에 대한 짜증인지….

3

여덟 번째 시집을 내면서 내 주위의 수많은 고마운 이들을 떠올리지 않을 수 없다. 내가 살아가면서 만나고 있는 모든 이들에게 고마운 마음을 전한다. 그들의 온갖 도움을 받고 내가 살아간다. 먼저 어머니를 함께 돌보고 있는 모든 가족이 정말 고맙다. 몹시 힘들 텐데도, 두 아들이 일곱 살, 다섯 살이 될 때까지 단 한 번의 짜증도 내지 않고 건강하게 잘 키우고 있는 효진이에게 특히 고맙다. 가끔 만나 밥을 먹고 있는 서울과 인천의 '밥동무' 친구들도 고맙다. 함께 기적을 만들어 가고 있는 '방갈모' 식구들도 고맙고, 15년 이상 인천을 '좋은 사람이 사는 좋은 도시'로 만들기 위해 함께 고민해 오고 있는 '인사문' 식구들도 고맙다. '철두철미'와 '우리 대천', 라오스 제자들을 비롯한 내가 가르친 모든 제자들도 고맙다. 사실은 제자가 아니라 모두 내 스승들이다. 불편한 몸에도 불구하고 감동적인 발문을 보내온 사랑하는 친구 최성수 시인의 오랜 우정도 고맙다. 책 만드느라 고생한 작은숲 출판사 강봉구 사장도 고맙다. 내가 시작하자고 해놓고 별 도움을 못 주고 있어서 늘 미안하다.

4

나이가 돼서 그런지 요즘은 죽음에 대해 많이 생각한다. 결국 죽음의 문제를 깨달을 때 내 시와 삶도 조금 볼만해질 텐데, 그런 일은 절대로 일어나지 않을 것이니 슬프다. 나이를 너무 많이 먹었다. 나이 먹는다고 저절로 어른이 되는 건 아니지만, 아직도 어른이 되지 못하고 있다. 여전히 날마다 흔들리고, 시도 때도 없이 분심이 올라온다. 책을 읽고 공부를 하면서도 여전히 나아지는 게 별로 없다. 나는 과연 죽기 전에 좋은 선생, 좋은 어른, 좋은 선배, 좋은 할아버지가 될 수 있을까?

2025년 11월

차례

1부 | 루앙프라방에서 보낸 편지. 1

3부 | 나는 나를 용서할 수 없다

4부 | 먼 길

5부 | 어느 늙은 '소위' 386 노동자의 죽음

1부 | 루앙프라방에서 보낸 편지. 1

루앙프라방에서 보낸 편지. 1
- 탁밧. 1

발바닥이 뜨겁지 않냐고 물어보지 마세요
델 듯한 뜨거운 길을
왜 신발도 없이
맨발로 걷느냐고 물어보지 마세요
당신들이 살아가고 있는 세상이
실은 내 발밑보다 훨씬 더 뜨거운
화염 세상입니다
당신들이 모르고 있을 뿐
이미 타들어 가고 있다는 걸
모르고 있을 뿐…
나는 발밑이 뜨거우니
한 발 두 발 조심조심
진리의 세계로 나아갑니다
당신들은
뜨거운 줄 모르니
탐욕의 세계로 빠져들어 갑니다

루앙프라방에서 보낸 편지. 2

- 탁밧. 2

오늘 새벽
세상에 나가 얻은 음식은
네 덩어리로 나누겠습니다
4분의 1은 탁밧 못 나간
동무 스님에게 드리겠습니다
4분의 1은 오늘 아침 굶은
배고픈 이에게 드리겠습니다
4분의 1은 이 귀한 음식을 우리에게 주신
하늘에 되돌려 드리겠습니다
나머지 4분의 1만 제가 먹겠습니다
몸이 이 모든 번뇌와 고통의 근본임을 깨달았으니
몸을 지탱할
딱 그만큼만
먹겠습니다

루앙프라방에서 보낸 편지. 3
- 사원 청소

동무들이 탁밧을 나간 사이
사원 청소를 합니다
매일 조금씩 떨어지는 나뭇잎이 원망스러워
나뭇가지를 세게 흔들어 보다가
문득 깨닫습니다
매일 새벽에 하는 사원 청소는
실은 내 마음속에 쌓인
먼지를 쓸어내는 것임을
내 안의 무수한 욕망을
끊어내는 것임을
실은 청소가 나를 닦는 일임을
선정에 드는 길임을

루앙프라방에서 보낸 편지. 4

- 화안시

스님, 저는 가진 것이 없어서
남들과 나눌 수가 없어요
주지 스님께 말씀드리니
주지 스님께서 제게 불호령을 내리셨어요
야, 이놈아
가진 것이 없어서
남을 줄 게 없다고?
웃고만 있어도
보시하는 거다, 이놈아
그걸 '화안시'라고 한다, 이놈아
아, 그렇군요
이제 저는 늘 웃기로 했어요
처음에는 억지로 웃었는데
자꾸 웃고 있으니 신기하게
내 기분까지 좋아졌어요
돈도 들지 않고 보시하는 거라는데

내 마음도 이렇게 즐거워지는데
웃지 않을 이유가 없었어요
이제 저는 늘 웃기로 했어요

루앙프라방에서 보낸 편지. 5
- 부처님 발자국

푸시산 동쪽
탐마타야람 사원
동굴 벽에 찍힌
부처님 발바닥이 진짜냐고
묻지 말아라
부처님이 정말 이곳을 다녀갔느냐고
묻지 말아라
네 살아온 삶이
부처님 발바닥 근처에라도
가본 적이 있었는지
네게 먼저 물어라
고통의 바다 위를 떠다니는
이 세상 미물과 중생들의
단 하나의 고통이라도
덜어주었는지
네게 먼저 물어라

루앙프라방에서 보낸 편지. 6

- 개밥바라기별

오늘도 종일 굶었다
동네를 어슬렁거리며
쓰레기통을 기웃거렸지만
인간들이 비닐을 매몰차게 묶어 놓아
주둥아리와 앞발만으로는
풀 수가 없었다
점심도 못 먹었는데
오늘은 저녁마저 굶는 걸까
누가 초저녁 서쪽 하늘
초승달 옆에 뜬 별의 이름을
개밥바라기별이라고 지었나
왜 하필 나를 끌어들였나
개밥그릇이라고
이름 짓던 날
그도 나처럼 밥을 굶었나
밥 굶은 게 부끄러워

자기 얘기 아닌 듯
슬쩍 나를 끌어들였나
누가 지었나
슬픈 별 이름
칸강 서쪽 하늘에 뜬
개밥바라기별

루앙프라방에서 보낸 편지. 7
- 우기. 1

40도가 넘는 더위를
잘 참아냈다고
숨 막힐 듯 타들어 가는 무더위를
몇 달 동안 묵묵히 견뎠다고
오늘 새벽
보내 주셨네
우르릉 쾅쾅
천둥 벼락과 함께
우 우 우 우
세찬 바람과 함께
다다다다
함석지붕 깨질 듯한
요란한 소리와 함께
앞으로 더 살아가라고
선물을 보내 주셨네
조금 더 살아 보라고

생명을 보내 주셨네
조금 더 힘을 내라고
먼저 맞이하라고
홀로 깬
모두 잠든 새벽에
내게 보내 주셨네

루앙프라방에서 보낸 편지. 8

- 우기. 2

먹구름 같은 전령사조차 없이
다짜고짜 퍼붓다가
뚝, 시치미를 뗀다
얘기 소리도 들리지 않을 만큼
쏟아붓다가
쨍, 해를 보낸다
아무 일 없었다는 듯
외면한다
나 이제,
내리면 맞는다
그럴 수 없으면
처마 밑에 들어가 잠시 피한다
비 그치면 다시 길을 떠난다
나 이제
비 내려도 짜증 내지 않는다
나 이제
해 나와도 좋아하지 않는다

루앙프라방에서 보낸 편지. 9

- 도마뱀

천정으로 슬리퍼를 던지지 마세요
벽에 호스로 물을 쏘지 말아요
내가 아저씨한테 무슨 잘못을 했나요
내가 아저씨한테 피해를 준 게 있나요
이 집은 아저씨보다 내가 훨씬 먼저 들어와
살았던 곳이에요
라오스에서는 아무도 내게 폭력을 행사하지 않아요
우리는 대대로 같이 살았어요
오히려 나를 좋아해요
내가 모기를 잡아먹거든요
보기 싫다고요
징그럽다고요
그 기준이 뭐죠
겉모습으로 평가하면 안 된다고
가르치지 않았나요

루앙프라방에서 보낸 편지. 10

- 왓씨엥통에서

스님, 불교가 뭔가요

모든 것은 머무르지 않고
시시각각으로 변한다는 것
모든 게 무상하다는 걸 깨닫는 거다

스님, 사는 게 너무 괴로워요

괴로움은 탐욕과 증오에서 일어난다
탐욕은 증오의 원인이며
탐욕과 증오에서 해방되면 괴로움도 없어진다

스님 부처님 말씀하신 중도란 중간만 가라는 건가요

중도란 물리적인 정중앙이 아니라
조화, 균형, 평등, 평정한 것

극단에 치우치지 않는 것이다

스님 우리가 의지하며 살아가야 할 것은 뭔가요

사람에게 의지하지 말고
법에 의지해야 하며
말에 의지하지 말고
뜻에 의지해야 하며
지식에 의지하지 말고
지혜에 의지해야 한다

스님, 열반이 뭔가요

이 세계는 고통이며,
고통의 원인은 욕망이며,
고통을 소멸하려면

열반에 이르러야 한다
열반에 이르는 위해서는
치우침 없이 세상을 봐야 하며
바른 마음가짐으로 이치에 맞게 생각해야 하며
거짓말
남을 속이는 말
이간질하는 말
나쁜 말을 하지 않아야 하며
참되고 유익한 말을 해야 하며
생명을 소중히 여기고
남의 것을 탐하지 않으며
부정한 행동을 하지 않으며
바른 생활 습관을 지녀야 하며
다른 사람에게 피해를 주지 않아야 하며
깨달음을 향해 끊임없이 노력해야 하며
이상과 목표를 간직하고
이를 잃어버리지 않게

늘 깨어 있어야 하며
마음을 한곳에 집중하고
마음의 평정을 찾아야 하며
나는 꿈이요
물거품이요
아지랑이요
번갯불이요
저 하늘에 흘러가는 구름 같은 존재라는 것을
깨달아야 하며
눈이 보고
귀가 듣고
코가 냄새 맡고
혀가 맛보고
몸이 만지는 것들이
사실은 실체가 없다는 걸 알아야 하며
모든 게 인연 따라 생겨나고

인연 따라 소멸한다는 것
'이것'이 있기 때문에 '저것'이 있다는 것
태어나고 늙고 병들고 죽는 괴로움
미워하는 사람과 만나야 하는 괴로움
사랑하는 사람과 헤어지는 괴로움
원하는 것을 얻지 못하는 괴로움
'이것이 나다'라는 생각에 빠져서
잘난 체하고 우쭐대면서
거만해져서 남을 업신여기고
교만하게 굴지 말아야 하며
내가 남보다 잘났다고 생각해도 안 되고
내가 남과 동등하다고 생각해도 안 되고
마음속으로는 교만하면서도
겉으로는 겸손한 체해서도 안 된다
그래야 열반에 이르게 되고
윤회의 고통에서 벗어나게 된다

스님, 요즘 후회되는 일도 너무 많고
걱정거리도 너무 많아요

과거는 지나갔고 어제는 바꿀 수 없다
이미 지나간 일을 후회해 봐야 무슨 소용이 있느냐
미래는 아직 오지 않았는데
아직 오지도 않은 일을 뭣 하러 당겨 걱정하느냐

스님 알지만 그게 잘 안 돼요
불교를 간단하게 말해 주세요

옛날, 한국의 어느 스님이 말씀하셨다
"달콤한 것을 먹여 사랑스럽게 보살펴도
우리 육신은 반드시 무너지고
비단으로 감싸 곱게 보호해도
목숨은 끝나게 되어 있다"고

스님, 불교를 한마디로 말해 주세요

'나는 반드시 죽는다'는 걸 깨닫는 거다

루앙프라방에서 보낸 편지. 11

- 뻥막꿔이

학고 앞 뻥막꿔이 파는 아주머니
종일 뙤약볕에 앉아 있다
뻥막꿔이 한 개에 2천 킵
우리 돈으로 150원쯤
무더위에 종일 난로 옆에 앉아
오늘은 몇 개나 팔았나
만 킵 내니
활짝 웃으며 여섯 개 줬던
뻥막꿔이
구운 바나나 파는 아주머니

루앙프라방에서 보낸 편지. 12

- 꽈배기 아저씨

5천 킵 우리 돈 4백 원도 안 되는
중국 유타오 비슷한 꽈배기 과자를 사 먹는데
꽈배기 파는 아저씨 연신 고개를 숙이며
환한 얼굴로
수도 없이 '꼽짜이', '꼽짜이'
고작 4백 원짜리 꽈배기 몇 개 사 먹는데
'꼽짜이', '꼽짜이'
꽈배기 개수보다 더 많은
인사를 들으려니
민망하다
감사, 친절, 칭찬, 그리고 사랑
신기하게도
퍼줄수록 넘쳐나는 것들
라오스에는 여전히 많은 것들
우리는 대부분 잃어버린 것들

루앙프라방에서 보낸 편지. 13

- 메콩강과 칸강이 만나는 곳

하필 그때
너희들이 있는
그곳으로 가서
미안하다
하필 그 시간에
너희들이 입 맞추고 있는
그곳으로 가서
미안하다
너희들을 방해해서
미안하다
라오스에는 없는 게 너무 많지만
젊은 너희들이 있으니
계속 입 맞추고 사랑해라
라오스의 미래는
바로 너희들이니
하필 그때

메콩강과 칸강이 만나 입 맞추는
그곳으로 가서
미안하다

루앙프라방에서 보낸 편지. 14

- 프렌치교

프랑스 사람이 다리 놓는 데 도와줬다고
프렌치교라고도 부르고
나무와 철로 지었다고
나무 철교라고도 부르는
칸강을 가로지르는 다리를
몇 번이나 건너다녔는지 모른다
메콩강 변 시내 나갔다가
우리 학교가 있는
판 루앙 마을로 돌아오기 위해
몇 번이나 건너다녔는지 모른다
라오스 사람들은
모두 오토바이를 타고 건너니
걸어서 넘어 다닌 건
라오스 사람보다
내가 더 많은 게 확실하다
푸시산 일출을 보기 위해

칠흑 같은 새벽에도 넘었고
야시장에서 맥주 한잔 마신 후
깊은 밤에도 넘었다
비가 오는 날에도 넘었고
햇볕 쨍한 무더운 날에도 넘었다
그리고 아주 가끔은
다리를 건너가다가
여기서 떨어져 죽어도
괜찮지 않을까
생각하기도 했다

루앙프라방에서 보낸 편지. 15

- 라오스 고양이

쏨밧 교수네 집에 놀러 갔다가
고양이한테 발을 물렸습니다
고양이한테 물린 다음부터
라오스 고양이가 싫어졌습니다
그렇지만
먼저 고양이가 나를 물었을 리 없습니다
내가 먼저 고양이의 발을 밟았습니다
고양이는 살기 위해 내 발을 문 것일 뿐
고양이는 아무 잘못이 없는데
고양이가 미워졌습니다
살아오면서
내가 먼저 발을 밟았으면서도
미워했던 사람이
얼마나 많을까
루앙프라방 주립병원에 여러 번 가서
팔뚝에 항생제를 맞으며 든 생각이었습니다

루앙프라방에서 보낸 편지. 16

- 라오스 국화 참파꽃

옛날, 라오스의 한 마을에
참파라는 아름다운 소녀가 살고 있었습니다
참파는 마음씨 고운 사람이었으며
마을 사람들 모두에게 사랑받았습니다
그녀는 정원에서 자라나는
나무와 꽃들을 돌보는 것을 좋아했습니다
어느 날, 마을에 커다란 위기가 닥쳤습니다
강에서 거대한 괴물이 나타나 마을을 위협하며
제물을 요구했습니다
마을 사람들이 두려움에 떨 때
참파가 나섰습니다
마을을 지키기 위해
참파는 자신을 괴물에게 바치기로 했습니다
참파는 자신이 사랑했던
한 나무를 끌어안으며 기도했습니다
그녀가 떠난 후

그 나무에서 아름다운 흰 꽃이 피어났습니다
그녀의 영혼을 닮아 예쁘고 향기로웠습니다
마을 사람들은 그 꽃을 참파라고 불렀습니다

루앙프라방에서 보낸 편지. 17

- 야자나무

학교 마당에 내가 생겼다고
너무 좋아하지 마세요
나한테 매달린 코코넛을
어떻게 따먹을까만 궁리하지 마세요
나한테 진정 배워야 할 것은
내 삶의 자세입니다
나는 처음에는 굽히지 않고
하늘 위로 솟아오릅니다
색깔도 싱싱한 초록입니다
시간이 지나가면 고개를 숙입니다
시간이 더 흐르면 노란색으로 변합니다
서서히 땅 밑으로 내려갈 준비를 합니다
어느 날 난 미련 없이 툭 떨어집니다
나는 떠나야 하는 날을 압니다
나는 지나간 삶에 연연하지 않습니다
그곳이 어디든

행여 계속 머무를 생각은 하지 마세요
시간이 흐르면
나처럼 언제든 떠나겠다는 준비를 하세요
미련 없이 떠날 준비를 하세요
그곳이 이 세상일지라도

2부 | 루앙프라방에서 보낸 편지. 2

루앙프라방에서 보낸 편지. 18
- 라오스에 오시거든

루앙프라방 시내
유네스코문화유산도시 상징탑 로터리 부근
란쌍공원 근처에 짓고 있는 우리 학교 이름은
'방갈모한글학교루앙프라방'입니다
우리 학교 주소는
루앙프라방주 루앙프라방시 파루앙마을
단위 13 집 번호 460입니다
오늘 우리 학교 공사는
바닥을 흙으로 메우는 일입니다
어제와 비슷합니다
아마 내일도 비슷할 겁니다
모든 걸 손으로 하려니
집 짓는 속도가 빠르지 않습니다
라오스에서는
아무도 서두르지 않습니다
라오스의 정식 명칭은 라오인민민주공화국

LaoPDR (Lao People's Democratic Republic)
라오스에는
나라 이름의 머리글자만 맞춘
"Lao Please Don't Rush"라는 말이 있습니다
라오스에서는 서두르지 마세요
라오스에 오시거든 서두르지 마세요
메콩강처럼 천천히 흘러가세요
칸강처럼 느리게 지나가세요
라오스에 오시거든
그동안 왜 내가 무엇을 위해
그토록 서두르며 살아왔나
잠시 돌아보세요
우리가 서둘러 가려는 곳이
혹시 죽음이라면
그곳이 결국 죽음이라면
서두를 필요는 더욱 없겠습니다

라오스에 와서 서두르려거든
라오스에 오지 마세요

루앙프라방에서 보낸 편지. 19

- 살다가 길을 잃으면 루앙프라방으로

살다가 길을 잃으면 루앙프라방으로 와
루앙프라방에서는 길을 잃을 염려가 없어
혹시 길을 못 찾겠으면
루앙프라방 어디서나 다 보이는
푸시산을 바라보며 걸으면 되니까
살다 길을 잃은 사람은 모두 루앙프라방으로 와
루앙프라방에서는 길을 잃을 염려가 없어
루앙프라방은 복잡하지 않거든
루앙 어디서나 푸시산만 바라보며 걸으면 되니까

살다 길을 못 찾겠으면 루앙프라방으로 와
생각해 보면 삶의 길은
하나도 복잡하지 않거든
루앙프라방에 와서
메콩강을 따라 걸으면 알게 되지
올바른 삶의 길은

부와 명예의 길이 아니라는 걸
칸강을 바라보며 걸으면 알게 되지
욕망을 줄이고
이마에 따뜻한 햇볕을 쬐고
맑은 공기를 숨 쉬고
깨끗한 물을 마시고 살아가는 게
올바른 삶의 길이라는 걸
그리고, 단 하나의 사랑만 있다면
그러니 살다가 길을 잃으면 루앙프라방으로 와

루앙프라방에서 보낸 편지. 20
- 루앙프라방 공항

라오스 우기에 내리는 비를
비가 온다,
비가 내린다,
라고 그냥 무심하게 쓰면 안 된다
비가 쏟아진다,
비가 퍼붓는다,
도 부족한 말이다

루앙프라방 공항에 비가 내린다
비와 함께 비행기도 하늘에서 내려온다
비 내리는 소리가 큰지
비행기 내려오는 소리가 더 큰지
분간하기 어렵다

루앙프라방 공항에 비가 내린다
어디서 출발한 비행기인지 모른다

비엔티안 아니면 방콕
치앙마이 아니면 하노이
그것도 아니면 씨엠립이겠지
베트남, 태국, 캄보디아에 둘러싸인
라오스 북쪽에 있는 공항이니까

루앙프라방 공항에 비가 내린다
비행기에서 내리면
출입국 사무소까지 걸어가야 한다
루앙프라방 공항에 비가 내리니
공항 직원들이 비행기 밑에서
우산을 들고 기다린다
이 세상 최고의 환대
루앙프라방 공항에 비가 내린다

루앙프라방에서 보낸 편지. 21

- 시간도 쉬었다 가는

라오스에서 시간이 잘 안 지켜지는 이유는
특별히 게을러서 그런 건 아니다
급할 것 하나 없는 동남아 문화도 이유겠지만
사실은 모든 게 비 때문이다
라오스 하늘은 하루에도 몇 번씩
시도 때도 없이 비를 퍼붓다가
언제 그랬냐는 듯
시치미를 뚝 떼고 해를 보낸다
오토바이를 타고 가다가 비가 쏟아지면
아무 곳 아무 집으로 들어가 비를 피한다
비가 그치면 일제히 거리로 쏟아져 나온다
삶이란 게
자로 잰 듯 딱딱 맞춰서 살 필요도 없지만
라오스에서는 그렇게 살 수도 없다
비가 내리면 쉬었다 가야 한다
라오스에 비가 내리면
시간도 쉬었다 가기 때문에…

루앙프라방에서 보낸 편지. 22

- 나의 사랑법

비 많이 내려
걸을 수 없을 정도로 땅은 질었던 날
지척을 분간하기 어렵게
안개마저 자욱하게 끼었던 날
라오스 방갈로 초등학교에 머문 시간은
고작 한 시간
당연히 말은 한마디도 못 나눴고
난 그냥 무례하게 아이들의 얼굴에
카메라를 들이대고
셔터만 마구 눌러댔네
방갈로 초등학교에 대해
아이들에 대해
아무것도 아는 게 없었네
한국으로 돌아와
아이들이 흘리던 콧물이 떠올랐고
그러나 초롱초롱하게 맑고 깊었던 눈망울이 떠올랐고
아이들이 계속 눈에 밟혀

친구들과 돈을 모아
학교 담장도 만들어 주었고
놀이터도 만들었고
산에서 물도 끌어왔네
그때서야
비로소 난
라오스에 대해
방갈로 초등학교에 대해
아이들에 대해 생각했네
내 사랑법은 늘 그러했네
사람이든 물건이든
먼저 사랑하고
천천히 알아가는 방식
도무지 말도 안 되는 방식
내 사랑법이 맞았는지 틀렸는지
나는 모르네

난 그저 사랑할 뿐
지나온 날 돌아보지 않네
난 다만 사랑할 뿐
무슨 일이 일어날지 나는 모르네
그냥 무턱대고 사랑할 뿐
나의 사랑법

루앙프라방에서 보낸 편지. 23

- 교실 풍경

교실 냉온수기에 물이 떨어져
혼자 물통을 바꿔 끼우려다 생각해 보니
살면서 단 한 번도 해 보지 않은 일
번쩍 들어서, 단숨에,
뒤집어엎어야 할 것 같은데
키가 작아 닿지도 않고
힘이 없어 들기도 어려우니
뒤집어엎는 건 언감생심
의자를 놓고 간신히 올라가
겨우 뒤집긴 했으나
단숨에 뒤집지 못하여
아까운 물만 교실 바닥에
반쯤 쏟아버리고 말았네
메콩강 강가 레스토랑에서 만난
물이 꽉 찬 물통 두 개를 한꺼번에 나르던
오른손으로 어깨에 멘 물통을 잡고

왼손으로 물통 주둥이를 움켜쥔 채
씩씩하게 계단을 내려오던
라오스 청년이 생각났던
영상 40도를 오르내리던
4월 루앙프라방의 어느 날

루앙프라방에서 보낸 편지. 24

- 세종대왕

공부 시작하자
오늘이 며칠이지?
5월 15일이지?
한국에서는 오늘을 스승의 날이라고 한단다
스승은 선생님과 비슷한 말이야
왜 오늘을 스승의 날로 정했냐 하면
세종대왕이 태어나신 날이기 때문이야
여러분들도 이제 너무 잘 아는 분이지
그렇지, 킹 세종
한글을 만드신 분
온 겨레의 스승님이지
여러분들도 한글을 배우고 있으니
이제부터는 여러분들의 스승님이기도 하지

루앙프라방에서 보낸 편지. 25

- 분위왕

주사 맞으러 루앙프라방 주립병원 갔다가
한글학교 제자 분위왕을 만났습니다
분위왕은 루앙프라방 보건대 간호학과 3학년 졸업반
소아청소년과에서 실습 중입니다
루앙프라방 주립병원에 와서 제자를 만나다니
대한민국도 아니고 인천도 아닌데
놀랍고 고마운 일이 아닐 수 없습니다
희망이 가는 길은 정처도 없고
끝도 없습니다

루앙프라방에서 보낸 편지. 26

- 리페이허

오늘은 참으로 기쁜 날입니다
왜냐하면 2학년 리페이허가
1학년 수업을 한 날이기 때문입니다
사연은 이렇습니다
우리 학교와 관련한 고민 중의 하나가
내년 3월부터 8월까지
파견교사를 구하지 못한 것이었습니다
3월부터 8월까지는
라오스에서 생활하기 힘든 혹서기라
부탁하기가 더욱 어려웠습니다
며칠 전
리페이허에게 1학년 수업을 시켜 보면 어떨까 하고
생각하게 되었습니다
리페이허는 수파누봉대 한국어학과 2학년
리페이허는 산티팝고 3학년 때
한국어 공부를 시작했습니다

한국어 공부를 시작한 지 만 2년도 안 된 상태지만
듣기는 거의 문제가 없고
말하기는 약간 서투르지만
의사소통하는 데는 지장이 없을 정도입니다
대단한 실력이 아닐 수 없습니다
통역이 필요 없으니
1학년 수업은 오히려
파견교사보다 리페이허가 더 낫지 않을까 생각했는데
역시 내 생각이 맞았습니다
오늘 같은 날이
이렇게 빨리 올 줄 몰랐습니다
방갈모 제자들이
직접 수업을 맡아 진행하는 날을
꿈꾸지 않은 것은 아니지만
생각보다 빨리 다가왔습니다
희망은 지치지 않습니다

루앙프라방에서 보낸 편지. 27

- 어느 날 '방갈모한글학교루앙프라방' 교실에서

창서 형과 정배가 학교 간판 만들 목재를 구하러
오토바이 타고 제재소에 간 사이
저녁에 먹을 삼겹살과 비어라오 세 캔과 상추를 사 왔습니다
상추는 단골이 된 학교 바로 옆
폰사방 재래시장 아주머니에게
2만 킵 주고 두 단을 샀습니다
아주머니가 서비스로 쑥갓 한 단을 더 줬습니다
우리는 단골이니까요
숙소로 돌아와 라오스 커피 믹스를 한 잔 타 마셨습니다
비어라오와 생수 회사 말고
라오스에 제조업이 또 있었던가?
'메이드 인 라오스' 커피라니
무조건 반갑습니다
볼륨을 최대한 높여 돌아가신 김민기를 듣습니다
라오스에서는 볼륨을 아무리 높여도

뭐라고 하는 사람은 없습니다
보펜냥, 보펜냥
괜찮아, 괜찮아
언젠가는 나도 시끄럽게 할지 모르잖아
나도 너에게 신세를 질지도 모르잖아
어제 장식이한테 영상전화가 왔습니다
그동안 따로 보관해 두었던
전교조 보령지회의 사무실 전세금을
새로 지을 우리 학교 건축기금으로 내기로
집행부 회의에서 결정했다는 전화였습니다
전교조 보령지회는
1989년 내가 초대 지회장을 지냈던 곳
교사협의회 시절부터 모은 기금이니
무려 40여 년 전부터 모든 돈이
오랜 세월을 지나
멀고 먼 라오스 제자들에게로 흘러온 것이었습니다

놀라운 인연은 아마 부처님도 믿기 어려울 것입니다
1교시 토픽 수업 끝난 후
2교시 음악 시간에 가르칠 '사랑으로'를 연습해 봅니다
'사랑해', '만남'에 이어 라오스 제자들에게 가르치는
세 번째 한국 노래입니다
BTS, 블랙핑크 등의 노래는
가르칠 수도 없지만
라오스 제자들이 더 잘 압니다
'만남'에 나오는 노래 가사대로
라오스 제자들과의 만남은 우연이 아닙니다
천만 억겁의 시간 동안 쌓이고 쌓인 인연입니다
저녁에 삼겹살과 함께
라오비어와 함께
고추장에 찍어 먹을
물에 불린 마늘을 까며
잠시 행복합니다

루앙프라방에서 보낸 편지. 28

- 땅이나 흙이나

학교 구경하던 동네 사람이
여러 번 내게 뭐라고 말했지만
당연히 알아들을 수 없다
제자 마일리가 통역을 했지만
마일리의 통역도 알아들을 수 없다
마일리 통역에 의하면
저 사람이 선생님한테 땅을 달라고 한단다
땅을 달라고?
땅을 달라니
그 비싼 땅을 달라고?
조금 늦게 도착한 제자 리페이허가
다시 통역한다
저 사람이 선생님한테
쓰다 남은 흙을 달라고 한단다
하기야,
땅이나 흙이나, 흙이나 땅이나

루앙프라방에서 보낸 편지. 29

- 라오스에 땅이 생겨서 그런가

수도 없이 라오스를 드나들었지만
하노이 공항을 거쳐서
루앙프라방으로 들어가기는 처음이다
고속열차가 없을 때는
비엔티안 공항에서 비행기를 타고 가거나
하루가 걸리는 버스를 탔고
기차가 생기면서부터는 기차로 드나들었다
하노이 공항에서 지루하기는 했지만
비엔티안에서 하루 잘 필요가 없으니
잘 됐다고 생각하면서
라오항공 카운터로 가서
다시 짐을 맡기고
출국 절차를 밟는데
참파꽃 그려진
라오항공 로고와
항공권도 반갑고

고향 찾아가는 사람처럼
제집으로 돌아가는 사람처럼
마음이 편하다
루앙프라방으로 들어가는데
집으로 돌아가는 느낌이라니
라오스에 땅이 생겨서 그런가

루앙프라방에서 보낸 편지. 30

- 완니다

저녁을 먹고,
산티팝고를 졸업한 완니다를 만나기 위해
마일리 오토바이 뒤에 타고
야시장으로 갔습니다
야시장 가기 전에
마일리가 사는 집에도 잠시 들렀습니다
몇 년 전 내가 붓으로 써준 한글 이름을
아직도 집 벽에 붙여 놓고 있어서 고마웠습니다
완니다의 언니가 야시장에서
옷걸이 두 개를 놓고 옷을 팔고 있습니다
완니다는 그 언니를 도와주고 있습니다
셔츠를 한 장 샀는데
돈을 안 받겠다고 합니다
선물로 주겠다고 했습니다
말이라도 참 고마웠습니다
이제 루앙프라방에서는

마사지 가게도 야시장도
무심하게 지나치기 어려운 곳이 되었습니다
그곳에서 우리 제자들이 일하고 있기 때문입니다
열심히, 착하게 살아가는
우리 제자들 옆에
오래 서 있고 싶습니다

루앙프라방에서 보낸 편지. 31

- 남싸이 전망대에서

제1회 졸업생 제자들과 겨울 캠프 참가 선생님들이
방비엥으로 졸업여행을 떠났습니다
숙소인 싹씨리리조트에 짐을 풀고
제자들과 남싸이전망대에 함께 올랐습니다
이름은 남싸이 '전망대'였지만
가파르고 험한 산이라 몹시 힘들었습니다
제자들이 도와줘서 간신히 내려왔습니다
따몬은 거꾸로 내려가면서
내게 발 디딜 곳을 일일이 짚어 주었습니다
평생 선생을 했지만 따몬처럼
이토록 자상하게 제자들을 가르친 적 없습니다
내가 라오스 제자들보다 잘하는 건
한국말밖에 없습니다
학교에 있을 때나
은퇴 후 라오스에서 한국어를 가르칠 때나
제자가 내 스승입니다

루앙프라방에서 보낸 편지. 32

- 아마존 수야족의 산수

아마존 수야족은
열 마리의 생선을 잡아
동생에게 세 마리를 주면
열세 마리가 남는다고 생각한다
수야족은 다른 사람에게 뭘 주면
줄어든다고 여기지 않는다
나에게 열 마리가 있고
그중 세 마리를 형제에게 주면
언젠가 그도 생선이 생길 때
그만큼 내게 돌려줄 것이니
10 빼기 3이 아니라
10 더하기 3
즉 13이라는 거다

루앙프라방에서 보낸 편지. 33

- 작은 나눔으로 기적을 만들다

루앙프라방에 3층짜리 주택을 빌려
한글학교를 시작한 일이
기적인 줄 알았습니다

루앙프라방에
학교 터를 산 일이
기적인 줄 알았습니다

어마어마한 건축기금을 모아
아름다운 학교를 완공한 일이
기적인 줄 알았습니다

틀린 말은 아니지만
변변한 신발도 없이
슬리퍼를 신고
장갑도 없이

맨손으로
땅을 파고
기둥을 세우고
벽을 쌓고
별다른 안전장치도 없이
지붕을 오르내리고
이토록 위험한 환경 속에서 일하면서도
공사 마칠 때까지
아무 사고가 없었던 것
사실은 그게 진짜 기적이었습니다

3부 | 나는 나를 용서할 수 없다

나는 나를 용서할 수 없다

나는 네게
도대체 뭐가 되려고
이따위로 막사느냐고 막말을 했다
오 분쯤 지각한 네게
누가 너 같은 놈을 데리고 같이 일하겠느냐며
협박했다
나는 걸핏하면 네게
책상 위로 올라가라고 했고
무릎을 꿇으라고 했고
손을 들라고 했다
나는 별것도 아닌 일로
너를 앞으로 나오라고 했고
출석부로 머리를 때렸다
일어났다 앉기를 수백 번 시켰고
너를 아예 복도로 내쫓기도 했다
나는 네게

엎드려뻗쳐를 시켰고
톱날도 들어가지 않을 딱딱한 몽둥이로
피멍이 들도록 때렸다
종아리와 엉덩이를
어떤 날은
내 분을 참지 못하고
때렸다
따귀를
심지어 나는 너를
발길로 찬 적도 있었다
그런 나를
너는 무려 33년 동안
'선생님'이라고 불렀다

나는 나를 절대로 용서할 수 없다

명퇴, 그 후

어머니 치매 검사 결과 나오는 날
어머니와 작은누님 모시고
서툰 운전으로 보건소로 갔지만
주차장은 코로나 선별진료소가 차지했다
차 댈 곳을 찾고 보니
굴포천 복개지 공영주차장
바로 몇 달 전까지 '우리' 학교였던
'어느' 여고의 후문이다
쉬는 시간인지
까르르 웃음소리 섞인 여고생들 떠드는 소리
학교 담장 밖으로 넘어온다
갑자기 눈물이 찔끔 흐른다
당황스럽다
뜬금없는 눈물이라니
담장 안에 두고 온 것이 있었나
담장 안에

아직 미련이 많이 남아 있었나
정년퇴직도 아니고
나 스스로 걸어 나왔으면서
이 무슨 느닷없는 눈물이란 말인가
나는 시인도 시민운동가도 아닌
아, 나는 결국 선생이었나

코로나여, 코로나여. 1

결국 그동안 우리가 이룬 것들은
서로 만나 얼굴 부대끼고
지지고 볶고 살았던
결과물들이라는 걸 알게 됐다
사람과 사람이 서로 거리를 두어야 한다면
그리하여 사람이 사람을 만나지 못한다면
인류가 만들어 온 문명은 대체 무엇이란 말인가
사랑은 도대체 무얼 할 수 있단 말인가

코로나여, 코로나여. 2

걸음도 잘 못 걷고
말귀도 잘 못 알아듣는 노인을
자신들을 구원하러 온 재림예수
영생자로 믿는 이들 수십만 명이
한곳에 모여 단정하게 무릎을 꿇고
노인의 말끝마다 손뼉을 치며
'아멘'을 부르짖는 일이
정말로 불가사의한 일이 일어나고
현실에 절망한 젊은이들이
이상한 곳에 몰려가
기괴한 방식으로 자신의 존재감을 확인하는 일이
과연 그 젊은이들만의 책임일까
오히려 미안한데
개학을 한없이 미룬 미증유의 사태에
원격수업에 온라인수업에 난리인데
떠난 지 며칠 됐다고

내 일은 아니니
건넛산 쳐다보듯 하고
고통받는 친척과 친구와
생계가 막연한 '예술'하는 후배들의 안부가 걱정되지만
위로할 뾰족한 방법은 떠오르지 않고
겉옷을 벗어부쳐야 할 만큼 봄은 왔지만
진짜 봄은 어림없고
이 또한 지나가겠지만 그게 언제인지 확신이 없고
다만
학교에 가고 직장에 가고
친구를 만나고 술을 마시고
영화를 보고 콘서트를 보고
미술관에 가고 교회에 가고
여행하고
심지어 사랑하는 일조차
이 땅의 안전과
내 몸의 건강과

마음의 평화 뒤에 오는 것임을
알겠네

지구 어머니의 경고

작가회의는 마포중앙도서관 5층에 세 들어 살고 있어
그러니 다른 재해는 몰라도
물난리를 겪을 거라곤
꿈에도 생각해 본 적 없어
며칠 전 새벽
마포구에 집중적으로 비가 퍼부었어
배수구로 빠져나갔어야 할 빗물이
역류해서 사무실로 쳐들어왔어
배수구가 막힌 이유는
나뭇잎 몇 장 때문이었어
5층에 만들어 놓은 작은 화단의 나뭇잎
모든 배선이 바닥에 깔려 있으니
다 마를 때까지 전기를 쓸 수 없었어
전기를 쓸 수 없으니
컴퓨터고, 인터넷이고, 전화고, 프린터고, 냉장고고
아무것도 사용할 수 없었어
현대문명은 모두 무용지물이었어

나뭇잎 몇 장 때문에 일을 할 수 없게 된 사무실
자연으로 돌아가야 할 나뭇잎들이
온통 콘크리트로 덮인 세상 속에서 길을 잃고
온 곳으로 돌아갈 수가 없게 되니
결국 반란을 일으켰나
아니야, 그건 나뭇잎의 반란이 아니라
그래도 자식 중에서 말이 통할만 한 게
작가들이라고 생각한 지구 어머니가
나뭇잎을 통해서 먼저 보내는
최후의 경고였어

말과 밥

말을 하며 살고 싶었다
평생 말을 하며 살았지만
그건 모두
해야 하는 말이거나
해도 되는 말이었다
그런 말은 밥을 만들어 주었다

말을 하며 살고 싶었다
하고 싶은 말을 하며 살고 싶었지만
그건 몹시 어려운 일이었다
하고 싶은 말은
밥을 만들어 주기는커녕
자칫 잘못하면
밥을 뺏길 수도 있는 위험한 것이었다

밥을 먹기 위해서 말을 해야 했고

밥을 지키기 위해서 말을 하지 말아야 했다

말을 하며 살고 싶었다
학교에서 나와
이제, 하고 싶은 말을 하며 살아야겠다고 생각했지만
여전히 하고 싶은 말을 못 하고 산다
밥과 크게 상관없는 일인데도…

하나 마나 한 소리

술 한잔 마신 김에 용기를 내어
너희들이 쓰는 시는
너무 어려워
무슨 소리인지 하나도 못 알아먹겠어
너희처럼 쓰면 나는 하룻밤에 몇 편도 쓰겠다
내뱉었더니
옆에 앉아 있던 한 젊은 시인 무심하게
들릴 듯 말 듯 한 목소리로
선생님이 쓰는 시는
하나 마나 한 소리잖아요
내가 쓰는 시는 하나 마나 한 소리…
하나 마나 한 소리…
마나 한 소리…
한 소리…
소리…
리…

내려놓는다는 것

사람들은 내게 말하네
인제 그만 내려놓으라고

내려놓는다는 것은
어디쯤 있는 것인가

과도한 관심과 방임 사이
진정한 사랑과 욕망 사이
그 어디쯤 있는 것인가
내려놓는다는 것은

이번 주말에는 먼저 책부터 버리기로 한다

하루에 한 번 이상
죽음을 생각한다
특별히 비관적인 성격이라 그런 건 아니다
인천가족공원이 식사 후 산책코스이기 때문이다
수도 없이 장의차가 드나든다
어떤 날은 세다가 포기할 정도로 밀려든다
내가 저 장의차에 실려 있다면
장의차 바닥에 실려 가는 시신이
바로 나라면
내가 내일 죽는다면
지금 당장 죽는다면
난 오늘 무슨 일을 해야 하는가
'내 것이던 것'들은 어떻게 되는가
'내 것'이 있는가
아직은 안 죽었으니
이번 주말에는 먼저 책부터 버리기로 한다

여기까지는 다 아는 얘기

세상에 같은 풍경은 없다
흘러가는 저 구름 때문이다
우리 인생도 저 하늘에 뜬 구름과 같다
하늘 아래
영원한 건
변하지 않는 건
단 하나도 없다
그리하여 우리 인생은 무상이다
인생이 무상하다는 건
허무하다는 뜻이 아니라
일정하지 않다는 뜻이다
늘 변한다는 뜻이다
인생이 무상하니 마구 살라는 뜻이 아니다
진실로 중요한 것을 따라 살라는 뜻이다
삶은 뜬구름과 같고
삶은 이슬과 같고

삶은 번개와 같고
삶은 그림자와 같고
삶은 물거품과 같다고
삶은 찰나에 불과하다고
부처님께서 말씀하셨다

합정역 5번 출구에서

갈 곳이 있는 사람들과
갈 곳이 없는 사람들이 모여 있다
합정역 5번 출구는

가야 할 곳이 있는 사람들과
가야 할 곳이 없는 사람들이 모여 있다
비 내리는 합정역 5번 출구는

가고 싶은 곳이 있는 사람들과
가고 싶은 곳이 없는 사람들이 모여 있다
비에 젖은 합정역 5번 출구는

갈 곳이 있는 사람들은 행복한가
갈 곳이 없는 사람들은 불행한가
합정역 5번 출구에서

가야 할 곳이 있는 사람들은 행복한가
가야 할 곳이 없는 사람들은 불행한가
비 내리는 합정역 5번 출구에서

가고 싶은 곳이 있는 사람들은 행복한가
가고 싶은 곳이 없는 사람들은 불행한가
비에 젖은 합정역 5번 출구에서

가고 싶은 곳을 갈 수 없는 사람은 불행한가
갈 수 없는 곳을 가고 싶은 사람은 불행한가
합정역 5번 출구에서

가장 마약 같았던 말

살아오면서
내가 들었던
가장
마약 같았던 말
“원장님 10분 후에 도착하십니다”
“원장님 3분 후에 도착하십니다”
“원장님 1층에 도착하셨습니다”

비번

재활용 물품을 내놓으려고 집을 나왔다가
다시 들어가지 못했다
갑자기
거짓말처럼
비번이 생각나지 않았다
10년 이상 바꾸지 않고 써온 비번이었다
머릿속이 갑자기 하얘졌다
우리 집의 비번은
이사 오기 전 집의 동 호수
그 동이 멀지 않아서
그곳을 찾아갔다
동은 알아냈지만
출구 앞까지 갔지만
몇 층인지 생각나지 않았다
호수는 여전히 생각나지 않았다
나이 먹는 건가
치매 시작인가

내 집이라고
나만 들어가겠다고
만들어 놓은 비번 때문에
결국 나도 들어가지 못하는…

비번 없는 선포산은
얼마나 다행인가

잘난 척 그만할 때인데

언제부터인지 모르겠다
식탁 위 물이 든 컵을 건드려 자꾸 쏟는다
격식을 차려야 할 자리에서 더 그렇다
식당에서 매운 국물을 먹다가 사레가 들려
앞에 앉은 사람에게 뿜기도 했고
어제는 산에 갔다 내려오는데
바지 지퍼가 내려가 있었다는 걸 늦게 알았다
언제부터 그러고 다녔는지 생각나지 않는다
오줌을 누고 나서 안 올렸나
오늘 아침에
주말에 받은 명함을
지갑에서 꺼내 정리하는데
명함의 주인이 누구인지
전혀 생각나지 않는다
명함만 지갑에 들어가 있고
내가 만난 사람은 내 머릿속에 없다
명함만 제 발로 지갑으로 걸어 들어왔나

욕망에 관하여

어느 봄날 오후
등산을 마치고
인천으로 돌아오기 위해
경복궁역에서 지하철을 탔다
종로3가역에서 1호선으로 갈아타려는데
바로 기차가 들어왔다
자세히 보니
빈자리까지 있었다
이게 웬 떡인가 싶어
자리에 눈이 멀어
목적지도 확인하지 않고
잽싸게 기차를 탔다
앉자마자 안경을 벗어 배낭 고리에 걸어 놓고
휴대전화기를 꺼내 무얼 쓰기 시작했다
한참을 전화기에 빠져 있느라
목적지 확인하는 일을 잊어버렸다

어느 역엔가 전철이 섰고
차내 방송이 귀에 들어왔다
수원행 전철이었다
역을 확인해 보니 구로였다
천만다행이라고 생각하면서
문이 닫히는 동시에 잽싸게 뛰어내렸다
안경은 벗은 채로
배낭을 보니 안경이 없었다
전철은 내 안경을 싣고 가버렸다
빈자리에 대한 욕망
등산한 거 자랑하고 싶은 욕망
욕망이 내 눈을 가렸고
그날은 결국 눈까지 잃어버렸다

국민교육헌장

타자 연습할 때
'하늘을 우러러 한 점 부끄러움이 없기를',
'까마득한 날에 하늘이 처음 열리고' 같은
시 구절이 아니라,
'우리는 민족중흥의 역사적 사명을 띠고 이 땅에 태어
났다'
국민교육헌장이 제일 먼저 떠오르는 걸 보면
초등학교 몇 학년 때였더라
일점일획이라도 틀리는 사람은
틀린 개수만큼 손바닥을 맞고
집에도 안 보내줘서
어쩔 수 없이 외웠던 국민교육헌장이
먼저 떠오르는 걸 보면
아, 죽은 박정희가
산 나를
이겼구나

왜 나는 변기가 우연히 고쳐지기를 바랄까?

변기가 계속 물이 새는 이유를
난 알 수 없었지만
변기 뚜껑을 한 번 정도 안 열어 본 건 아니었지만
아무리 오래 변기 안에 코를 박고 쳐다보고 있어도
물이 새는 이유를 난 알 수 없었지만
내가 바라는 건 오직 한 가지
변기가 우연히 고쳐지기를 바랄 뿐이었지만
어머니 사시는 아랫집에서
물이 떨어진다고 항의하러 왔을 때
아랫집 저분은 하필 왜 내가 어머니 집 당번일 때
항의하러 왔을까
짜증이 났을 뿐
제가 책임지고 해결해 드릴게요
호기 있게 떠들었지만
휴대전화기에 온갖 전화번호
거의 수천 개에 가까운 전화번호가 있으면서

'설비' 일하시는 분들의 전화번호는 없다는 걸
알았을 때…
평생 살면서
교육운동, 시민운동, 문예운동, 통일운동 주변에서 얼쩡거리면서
그 어떤 일도
우연히 해결될 거로 생각해 본 적은
단 한 번도 없었는데…
왜 나는 변기가 우연히 고쳐지기를 바랄까?
왜 나는 변기만 우연히 고쳐지기를 바랄까?

너무 오래 살았다

어디쯤이었을까
고등학교 때 딱 한 번 해 봤던 미팅
그날 만났던 소녀와 돈가스를 먹었던 곳
그 소녀는 크림수프를 시키고
나는 야채수프를 시켰던 곳
그 경양식집
어디쯤이었을까
B여고 J씨 성을 가졌던 작은 소녀
얼굴은 전혀 기억나지 않지만
무슨 얘기를 나눴는지 모르겠지만
이름은 아직도 선명한
그 작은 소녀는 지금 어디서 살고 있을까
그 작은 할머니는 지금 무얼 하고 있을까
시라고 우기며
우스운 노래 가사를 끄적였던
눈 감고 기타 치던
열일곱 눈 맑은 소년은 어디 가고

어깨 굽은 중늙은이 하나
느닷없는 가을비를 맞으며
애관극장 앞
답동 거리를 비틀거리며 걸어가고 있다
비에 젖은 은행잎 보도 위로
가라앉고 있다
우산도 없는데

토문재에서

해남 송지면 땅끝마을
작가창작공간 '토문재'에서
새내기 입주자를 위한
환영회가 열렸네
한 달짜리 입주자 H 시인과
두 달짜리 입주자 L 소설가
그리고 '토문재' 촌장 박 시인의 고향 후배들
송호마을 청년회장 부부
읍내 철물점 사장 부부 등이 모여
청년회장 어머니가 갯벌에서 캐 온
낙지탕탕이를 안주로 술을 마셨네
딸 임신했을 때 염색체 이상 판정을 받아 고생한 얘기는
L 소설가가 했고
딸이 무려 여덟 번이나 수술한 얘기는
철물점 사장 부부가 했고
자식이 둘이나 지적장애를 겪고 있는 얘기는
청년회장 부부가 했네

이 세상에서 가장 불행한 이들만
그날 토문재에 모였을 리는 없고
무슨 말끝에 가슴 아린 얘기들이 나왔는지는 모르겠네
요즘 어머니 치매 간병 때문에 힘들다고
내가 먼저 시작했는지도 모르겠네
어머니 때문에 힘들다는 얘기는
다시는 하지 않기로 했네

천국의 하루. 2

오늘
당신이
무사해서
내가 산에 오를 수 있었다
세상의 셀 수 없이 많은
오늘
무사한
당신들이여
고맙고
또 고마운
오늘
무사한
당신들이여

고요에 깃들라

내가 이렇게 물들 때까지
너는 어디를 무엇 하며 떠돌다
이제 돌아왔느냐
허명을 좇으며
너를 인정해 주지 않는 세상을 원망하며
세상의 인정에 목말라하며
떠돌다 왔느냐
너는 무엇을 이루었다고 생각하느냐
만일 네가 이 세상에 와서 이룬 것이 있다면
그건 모두 그동안 네가 만난 이들의 것
그러니 마치 세상 끝날까지 살 것처럼 굴지 말라
이 세상의 것을
저세상으로 가져갈 것처럼 굴지 말라
네가 어제 친구에게 건넨 말이
너의 유언이라고 생각하라
네가 오늘 쓴 시가

이 세상에 남기는
너의 유작이라고 생각하라
이제 돌아와
고요에 깃들라
그리고
사랑하라

자화상. 5

오늘 후배 두 명과 술을 마셨는데
2차까지 가면서도
술값을 안 냈다
내가 선배인데…
택시도 안 타고
지하철과 시내버스를 타고 귀가했다
오늘 난
돈 한 푼 안 쓰고
술 잘 마시고
약간의 교통비만으로
하루를 잘 살았다
살면서 거의 없는 날이다
아파트 앞 시계탑이 내게 묻는다
그래서
그게 그렇게 기뻐?
돈 아껴서?

주 하느님 지으신 모든 세계

도로변에 내놓은 쓰레기봉투를 뒤져
재활용품을 찾는 모습을
한두 번 본 게 아니지만
오늘처럼 숨쉬기도 어려운 날
뜨거운 아스팔트 바닥에 무릎을 꿇고
경배 드리는 자세로
쓰레기봉투를 뒤지고 있는 이분은
천국은 가난한 자의 것이라고 했으므로
장차 천국에 갈 것이니
주 하느님 지으신 모든 세계는
왜 이토록 공평할까

인천가족공원에서

죽음을 생각하지 않는 날은 없다
내가 특별히 비관적이어서 그런 건 아니다
학교 퇴임 후
작가회의 등의 '공익근무'도 마친 후
출근하고 있는 사무실이
인천가족공원 근처에 있기 때문이다
그 공원이 내가 매일 걷는 산책로이기 때문이다
셀 수 없는 무덤과 잔디장과 자연장
왕릉처럼 생긴 봉안당과
꼬리를 물고 드나드는 장의 행렬
그리고, 세월호 일반인추모관
나를 뜨거운 불에 태운 후
불로 다 태우지 못한 갈비뼈 종아리뼈 몇 조각
절구에 빻아 가루로 만들어 묻을
미리 준비해 놓은 가족정원장까지…
죽음을 생각하지 않는 날은 없다

만일 내가 죽는다면
세상은 무슨 일이 일어날까
당연히 아무 일도 일어나지 않는다
수많은 그들이 먼저 죽었어도
나는 아무 일 없이
잘 살아가고 있는 것처럼
그러니 내 죽음은
얼마나 사소한가
아직 살아 있는 오늘
내가 먼저 해야 할 일은
가는 곳마다 쌓아 놓은 책을
모두 내다 버리는 일이다

죽음학 강의

사람들은 겨우살이는 준비하면서 죽음은 준비하지 않는다
죽음이 내 모든 생각의 기준이 될 때
내 삶은 비로소 가치 있고 의미 있는 삶이 된다
삶의 마지막 순간에
사랑하는 사람들을 한 번만 더 볼 수 있게 해 달라고
기도하지 말라 지금 보러 가라
죽음의 두려움을 극복하는 유일한 길은
후회 없는 삶을 사는 것이다
잘 보존된 몸으로
안전하게 무덤에 도착하기 위해
우리가 이 세상에 온 건 아니다
죽음을 피해갈 수 있는 사람은 단 한 명도 없다
우리는 모두 언젠가 죽는다 누구나 죽는다
가장 공평하고 평등한 것을 꼽으라면
그건 아마도 죽음일 것이다

인간 대부분은 죽음을 부정하고 외면한다
인간은 죽음을 극복하기 위해
문명을 만들어 냈다
돈을 버는 것도 죽음을 부정하기 위한 것이다
자기를 대신해 영속할 것을 돈에서 찾는다
자신은 소멸해도
자신의 돈은 끝까지 남을 것으로 생각한다
사망 전 한 달간 사용되는 의료비가
총치료비의 50%
사망 전 3일간 사용되는 의료비가
총치료비의 25%라고 한다
죽음은 성장의 기회이기도 하다
죽음 앞에서
인생의 마지막 질문을 던져야 하기 때문이다
나는 누구인가
나의 삶은 의미 있는 삶이었나

나는 한평생을 제대로 살았는가
신은 어떤 존재인가
죽음 뒤에 또 다른 삶이 있는가
지금 여기에 살면서
죽음을 생각하지 않는다면
그건 자포자기의 삶이다
인간에게 죽음이 없었다면
아마 종교도 없었을 것이다
우리는 품위 있게 살고 싶은 만큼
품위 있는 죽음을 맞이해야 할 의무가 있다
웰빙이 중요하다면
웰다잉도 중요하다
우리는 누구나 죽는다
이것만큼 확실한 것은 없다
죽음을 부인할수록
우리는 초라해진다

죽음을 준비한 만큼
우리 삶은 더욱 가치 있게 된다
죽음을 당하지 말고
죽음을 맞이하자

온갖 잘난 척을 하면서
후배들 앞에서 죽음학을 강의했던 날
소희가 쓰러졌다
죽음학 강의를 듣다가
중간 쉬는 시간에
마치 짠 것처럼
내 눈앞에서
소희가 진짜 쓰러졌다
그날 떠들었던 말
그 어느 것도 생각이 나지 않았다
나는 가짜였다

미리 쓰는 유언

요즘 할아버지의 삶은 온통
규하와 규원이를 궁금해하는 시간으로 채워져 있다
너희들이 집에 들어오면
마치 빛이 들어오는 것 같다
저기 빛이 들어오는구나
빛 두 개가 걸어 들어오는구나
이제 할아버지가 세상과 이별 할 때가 됐다
규하, 규원이에게 마지막 인사를 해야 할 때가 왔다
이 세상을 떠나면서
이 할아버지는 단 한 점 미련도 없다
원망도, 후회도 없다
예수님을 흉내 내서 말해 본다면
할아버지는 이 세상에 와서
거의 모든 것을 다 이루었다
완전하게 살지는 못했지만
텅 빈 삶을 살지는 않았다

다만 안타까운 게 있다면
더는 너희들 커 가는 모습을 볼 수 없다는 것이다
딱 그것 한 가지만 슬프다
몸 건강한 사람이 되어라
공부 열심히 하는 사람이 되어라
그리고 너희들의 건강과 공부를
남들과 나누는 사람이 되어라
할아버지도 평생
잠들기 전
이 세 가지를 돌아보며 살았다
오늘도 건강을 위해 힘썼는지
공부 열심히 했는지
내 것을 남들과 나누었는지
이게 할아버지가 너희들에게 남기는 유언이다
할아버지도 이 세 가지를 돌아보면서
눈을 감을게
다음 세상에서 꼭 다시 만나자

4부 | 먼 길

세 살, '규하'라는 선물

누군가의 이름을 부를 때
나도 모르는 사이
목소리가 한 톤쯤 저절로 올라간 적이 또 있었는지
모르겠다
누군가를 안았을 때
그의 쿵쿵 뛰는 심장 소리를
내 온몸으로 느꼈을 때
그 소리가 고맙고 또 고마워
주르륵 눈물 흘렸던 적 또 있었는지
모르겠다
달이 어디 떠 있느냐고 물었을 때
밤하늘에 뜬 달을 가리키며
내 손을 보라고 한 사람이
또 있었는지
모르겠다
어른들이 만든 몹쓸 역병은

고작 세 살 영혼도 피해 가지 않아
면봉이 코 깊숙이 들어왔지만
울지 않으려고 참고 있던 모습을
바라보았을 때
살면서 그것보다 참혹한 장면이
또 있었는지
모르겠다
밖에 나갈 때 입마개부터 챙기는 규하
어른들이 지구에 지은 죄를
영문도 모르는 아기가 왜 대신 감당해야 하는지
모르겠다

네 살, 신규하 어린이의 법어

- 어느 날 선포산에서

할아버지

왜

올라갈 때는 힘들고 내려갈 때는 위험해. 내려갈 때 더 조심해야 해

그걸 어떻게 알았어

저번에 전철 계단 내려갈 때 할아버지가 말해줬잖아

그랬구나

일곱 살, 규하
- 어떤 생일 축하 카드

할아버지
생일 축하해
진심을 다해…
규하

두 마음

규하는
같은 걸
아무리 여러 번 물어봐도
화가 안 나는데

어머니가
같은 걸
물어보면
금세 짜증이 난다

먼 길. 1

- 박예희 여사. 1

7대 종손 집으로 시집온 지 무려 8년여 만에
8대 종손인 나를 낳으셨고
병약한 나를 위해 허구한 날
한밤중에 일어나
암죽을 끓여 먹이셨고
배다리 평화의원
머리 허연 의사 선생님의 바짓가랑이를 붙잡고
제발 아들을 살려 달라고 울며 빌었고
중학교 3학년 때까지 내 생일날 떡을 하셨고
아버지도 안 계시는데 무슨 환갑잔치냐며
번거롭게 무슨 고희잔치냐며
오래 사는 게 무슨 자랑이라고 팔순잔치냐며
구순잔치하는 사람이 어디 있느냐며
결국 평생 당신을 위한 잔치를 한 번도 안 하셨고
큰소리를 한 번도 낸 적이 없었고
90대 노인이 50대 중반의 아들 편하게 먹으라고

옥수수 알을 떼어 놓으셨고
90대 노인이 선생 하는 아들에게
가끔 용돈도 주셨고

먼 길. 2

- 박예희 여사. 2

흙바닥 부엌 구석에 놓여 있는
뚜껑 덮어 놓은 세숫대야가 궁금해
뚜껑을 가만히 열어 보면
빨간색 물속에 기저귀 같은 것이
얌전히 들어 있었고
그러던 어느 날
나는 영문도 모른 채
어머니의 손을 잡고
간판도 없는 낯선 집으로 들어갔고
들어가 보니 병원 같기도 했었고
간호사도 없었으니 병원이 아닌 것도 같았고
중년 아저씨 혼자 기다리고 있다가
무슨 치과 의자 같은 게 놓여 있는 방으로
어머니를 데려갔고
문틈으로 들여다보니
어머니는 가랑이를 벌리고 한참을 누워 있었고

밖에서 기다리는 동안
가끔 어머니의 앓는 소리도 들려왔고

먼 길. 3

- 치매안심센터에서

일주일에 한 번
홀로 사시는 어머니 집을 찾아간다
어머니를 찾아가는 건
별일 없이 잘 계셨는지
밥은 드셨는지
약간의 걱정과
자식으로서의 의무감 때문이지
어머니가 보고 싶어서
찾아가는 건 아니다
그런 내게 어머니는 갈 때마다
포도알을 떼어 주시거나
옥수수 알을 떼어 주시거나
아이스크림을 먹기 편한 크기로 잘라 놓으신다
환갑이 훨씬 넘은 아들에게
엊그제 어머니 모시고
치매안심센터에 다녀왔다

어머니 돌아가시면
어머니께 일주일에 한 번 안 가도 되니
아주 편할 것이다
어머니 돌아가시면
시간이 남아 돌아갈 것이다
어머니 돌아가시면
더는 귀찮은 일도 없을 것이다

먼 길. 4

내 옆에 앉아
채널A '이제 만나러 갑니다'
텔레비전을 보고 계시던 어머니
갑자기 일어나더니
따각 따각 지팡이 소리를 내며
가스레인지 앞으로 간다
지팡이를 짚은 채로
몸을 간신히 낮춰
싱크대에서 냄비를 꺼낸 후
바가지에 수돗물을 받아
냄비에 붓고
톡, 가스 불을 켠다
무엇 하려고 물을 끓이냐고 물으니
애비한테 따뜻한 커피 한잔 타 주려고
물을 데운다고 한다
난 지금 커피를 마시고 있는데
어머니, 먼 길 떠나신다

먼 길. 5

어머니 방 안으로 들어가
자개장롱 서랍 깊숙한 곳에 있던
육십 년쯤 됐을 것 같은
낡고 낡은 어머니 지갑을 꺼낸다
지갑에서 돈을 꺼낸 후
손가락에 침을 발라
세고 또 센다
세면서 중얼거리듯 말씀하신다
그년이 내 돈을 훔쳐 갔어
그년이 구둣주걱을 훔쳐 갔어
그년이 냉장고 안에 있던 우유도 훔쳐 갔어
그년이 화장지도 훔쳐 갔어
어머니,
먼 길 떠나신다

먼 길. 6

- 엄마

어머니는 이삼일 동안 잠들지 않는다
자지 않고 계속 중얼거린다
그 힘이 어디서 나오는 건지는 모른다
알아들을 수 없는 말 중에
보은, 오빠, 엄마…
들리는 외마디 몇 개 있다
죽음을 앞둔
백세 가까운 할머니의 입에서 흘러나오는 외마디가
보은이라니
햇수로 따지면
고향 보은에서의 삶은 고작 이십여 년
시집간 청주 가덕에서의 삶도 고작 십여 년
인천으로 올라와 산 지 무려 칠십여 년인데
얼마 남지 않은 어머니의 뇌 속에는
인천은 없고 보은만 있구나
백세 가까운 할머니의 입에서 흘러나오는 외마디가

엄마라니
얼마 남지 않은 어머니의 뇌 속에도
칠십여 년 전에 돌아가신 엄마는 남아 있구나

먼 길. 7

- 똥 기저귀를 갈면서

어머니의 똥 기저귀를 갈 때,
'어머니가 오늘도 똥을 누셨구나,
고마운 일이구나'
기쁘지는 않더라도
최소한 무심한 지경에는
이르러야
그래도 조금 도를 닦았다 할 것인데
나는 무심하기는커녕
똥 기저귀를 갈 때마다
마음속에서
오만 가지 잡생각이 일어나면서
온갖 요괴들이
지랄발광을 떨면서
분심이 일어나니
나의 도는
아직 멀고 멀었다 할 것이다

먼 길. 8

- 기저귀까지 갈 생각은 없었다

기저귀까지 갈 생각은 없었다
어머니 기저귀까지 갈 생각은 전혀 없었다
당번 날
어머니 집에서 자고 일어난 아침
아니
어머니 집에서 자는 둥 마는 둥 하고 일어난 아침
생각할 때가 있다
끝은 언제인가
끝이라니
끝은 죽음인데
아, 나는 어머니의 죽음을 기다리고 있구나
내가 나한테 놀라지만
아무튼 이렇게까지 할 생각은 없었다
거웃 한 올 남지 않은
어머니의 사타구니를 들여다보며
기저귀까지 갈 생각은 없었다

무엇을 잘못 드셨는지
묽은 변이 기저귀 밖으로 흘러나와
옷에 침대 시트에 다 묻었던 날
아마 나는 화를 내고 있었을 것이다
마음을 다스리기 위해
어머니는 내 기저귀를 몇 번이나 갈았겠는가
어머니는 내 똥 기저귀를 몇 번이나 갈았겠는가
생각을 바꿔 보지만,
아마 나는 화를 내고 있었을 것이다

먼 길. 9

욕은 대체
평생 정갈했던 어머니의 몸속
어디에 꼭꼭 숨었다가
이제야 나오는 것일까

개년
미친년
지랄하네…

먼 길. 10

오늘 아침
신문에 나온
노모 돌보는 기사를 읽다가
내 마음을 들켰다

“엄마를 돌보면서
제일 싫어진 게 연휴야
그전에는 그렇게 기다렸던 연휴가
다가오면 겁부터 났어
나중에는 연휴가
왜 이렇게 많냐고
짜증을 낼 정도였으니까”

먼 길. 11

옛날 기도 제목
“오늘 밤은
어머니
기저귀 갈 일
없게 해 주세요”

요즘 기도 제목
“오늘 밤은
어머니가
똥만 누지 않게 해 주세요”

5부 | 어느 늙은 '소위' 386 노동자의 죽음

조재훈 전. 1

- 선생의 영향력은 영원하다. 그 영향력이 어디서 끝나는지는 아무도 모른다.(헨리 애덤스)

선생님은 공주사대 국어교육과 55학번
나의 대학 선배님이자
나의 지도교수님이자
학보사 기자 시절 주간 교수님이자
내게 시와 문학을 가르친 분이자
주례 선생님이자
내 첫 시집에 발문을 써 주신 분이지만
그래서 선생님을 마음으로 평생 모시고 사는 건 아니다
나는 왜 선생님을 평생 믿고 따르나
나를 위해 몇 번이나 우셨고
몇 번이나 불같이 화를 내셨기 때문이다
말씀은 안 하셨지만
학창 시절
학교에 다니기 어렵게 된 나를 구명하고자
나 몰래 인천 집까지 찾아오셨다가
울면서 내려가신 일을

나는 알고 있다
나를 비롯한 수많은 당신의 제자들이 해직됐을 때
혼자 집에서 막걸리를 드시며 우시던 일을
나는 알고 있다
선생님이 딱 두 번
내게 불처럼 화를 내신 일이 있다
내 결혼식 주례를 위해
공주에서 시외버스 타고 인천까지
당신 혼자 올라오셨던 날
결혼식 끝나고 차비를 드렸을 때
선생님이 발문을 써 주신
내 첫 시집이
공교롭게 해직과 함께 출판됐던 날
원고료를 댁에 몰래 놓고 나왔을 때
그날은 생전 안 하던 욕까지 하시면서 나를 나무라셨다
내게 묻는다

너는 네 제자를 위해서 운 적이 있나
운 적 없다
그러므로 나는 진정한 스승이 아니다
이제 선생님은 용돈을 드려도
더 이상 화내지 않는다
팔십 넘은 할아버지라서 그런가?
계속 선생님께 용돈을 드리고 싶지만
언젠가 선생님은
더 이상 나를 기다려 주지 않고
이 세상을 훌훌 떠나실 것이다
그때 아마 나도 비로소 선생님을 위해
처음, 울 것이다

조재훈 전. 2

은사님의 선집을 간행하겠다고
제자들이 십시일반으로 모은 돈이 무려 3천만 원
이런 경우가 또 있는지 나는 들어보지 못했다
우리는 왜 유명하지도 않은
선생님의 문학과
선생님의 공부와
선생님의 삶을 기리려고 하나?
우리 선생님은 유명하지 않기 때문이다
우리 선생님은 왜 유명하지 않나
능력과 인격이 모자라서인가
우리 선생님은 단 한 번도
당신 입으로 당신 자랑을 하지 않았기 때문이다
한 번도 당신의 삶을
'자가 발전'하지 않았기 때문이다
온갖 세속의 권력과 허명에
한 번도 눈 돌리지 않았기 때문이다

평생 살면서 맡은 자리라고는
남들 모두 안 하려는 일
동학운동 관련 일
공주 시민단체 관련 일
제자들이 만든 연구소 이사장 일
그리고 그는
평생 책을 읽고
제자들을 가르치고
시를 썼다
선집에 처음 선보인 시만 수백 편이 넘고
아직 꺼내지 않은 시는 더 많다
그 시들은 어쩌면 세상에 안 알려질지 모른다
우리 선생님이야말로 진정한 시인 아닌가?
출판된 시집이 4권
시집을 내겠다는 기약도 없이 써 놓은 시가 무려 6권 분량
평생 읽고 모은 책이 3만 권인지 4만 권인지도 모르는

선생님

우리에게 글쓰기를 가르치고
시를 가르치고
여기저기 기웃거리지 않는 삶의 자세를 가르친 선생님
제자들이 아프면 같이 우는 선생님
이제 우리가 선생님을 대신해서
선생님의 삶과 문학에 대해 말해 드릴 차례다
선생님의 '못난' 삶을 위해
우리가 울어 드릴 차례다
선집 나오기 전
스승의 날 축하드린다고 말씀드렸더니
미안하다고 하셨다
뭐가 미안하시냐고 물었더니
너희들이 선집 발간하는 문제 때문에
애쓰고 있어서 미안하다고 하셨다
선생님은 가만히 계시라고

제자들이 다 알아서 할 거라고 말씀 드렸더니
가만히 있는 것도 쉬운 일이 아니라고 말씀하셨다
우리 선생님은 가만히 있는 것도 쉬운 일이 아니신 분이다

81년 만에 캠프 마켓 들어오니 네 생각이 제일 먼저 난다

미군기지 반환 촉구 인간 띠 잇기 행사 날이었나
인천시민들이 모두 나와
손에 손을 잡고 미군 부대를 에워싼 날
대학생들이 미군 부대 담을 넘어 들어가
'미군기지 반환하라'는 현수막을 들고
급수탑 꼭대기 위에 올라간 날
전경들이 뛰어다니고
경찰들은 호루라기를 불고
너는 미군기지 반환
천막농성을 시작하려고 천막을 펴고
전경들은 못 펴게 네 팔을 비틀고
결국 캠프 마켓 정문 앞
아스팔트 바닥에 앉아
맨몸으로 네가 농성을 시작한 날
그날부터 너와 네 후배가
무려 674일이나 철야농성을 하고
내 기억에 너는 평생

단식 아니면 농성 아니면 연설 아니면 출마 아니면 낙선…
동인천가톨릭회관이었나
굴업도 핵폐기장 반대 단식농성 하던 모습
동암역이었나 주안역이었나 아니면 제물포역이었나
추운 겨울날 트럭 위에 김대중 선생 지지 연설하던 모습
시장선거, 국회의원 선거, 나갔던 모든 선거에서
당의 방침으로
거의 중도 사퇴했거나
끝까지 완주한 선거도 단 한 번 이겨 본 적이 없는
민주청년회 활동부터 인천연합 운동을 거쳐 진보정당 운동까지
평생을 그 누구보다 많이 헌신했으나
그 누구보다 아무것도 가진 게 없는 너
그리고 바야흐로 환갑이 넘은 너
81년 만에 캠프 마켓 들어오니

김, 성, 진

네 생각이 제일 많이 난다

당신 자식들이 들어갈 수 없는 곳은 그 누구도 들여보내지 말라

1.

누군가 말했다
민주주의란
나도 너보다 못하지 않다는 말이 아니라
너도 나보다 못하지 않다는 말이라고

2.

1970년
전태일 열사가 '근로기준법을 준수하라'고 외치며
자신의 몸을 불사른 때로부터 무려 50년이 지난
2020년 5월 1일 노동절 날
당신들은 '공사 기간 단축'을 이유로
노동자들에게
용접 작업과 인화성 작업을 동시에 시켰다
당신들은 노동자들을

불구덩이 속으로 집어넣었다
당신들은 노동자들을
죽음으로 몰아넣었다
지난 50년 동안
전태일의 바람대로
노동자들의 노동환경이 나아지기는커녕
하필 노동절 날
당신들은 노동자들을 불에 타죽게 했다
전태일이 근로기준법을 준수하라며 자신의 몸을 불사
른 지
무려 50년이 지났는데
불구덩이뿐만 아니다
컨베이어 벨트 속으로 집어넣고 있다 당신들은
지하철 안전문 안으로 집어넣고 있다 당신들은
그러니 이제 제발
당신들이 들어갈 수 없는 곳은

그 누구도 들여보내지 말라
그러니 이제 제발
당신 자식들이 들어갈 수 없는 곳은
그 누구도 들여보내지 말라

김용희, 인간 새

강남역 사거리 김용희 선생이 52일째 농성하고 있는
교통 폐쇄회로(CCTV) 철탑
52일 전에 강남역 사거리 철탑 꼭대기에 올라간 김용희 선생이
지금 저 꼭대기에서 자신이 쓴 시
'인간 새'를 읽고 있다
몸도 눕힐 수 없는 곳에서
목숨을 걸고
자신의 얘기를 들어 달라고
자신의 시를 읽고 있다
몸도 눕힐 수 없는 곳에서
저 철탑 꼭대기에서 벌써 두 달 가까이
고공 농성장 중 가장 열악한 곳이라는
철탑 위에서
79킬로였던 몸무게가 50킬로가 될 때까지
자신의 얘기를 들어 달라고

간절하게 땅 밑을 내려다보고 있다
1982년 삼성테크윈에 입사한 후
경남지역 삼성 노조 설립위원장으로 활동했다는 이유로
해고된 그는
부당해고 철회 투쟁을 벌여
1994년 삼성건설로 복직했으나
1995년 다시 일자리를 빼앗긴 뒤
복직 요구 시위를 벌이다
납치, 감금 등 온갖 탄압을 받다가
두 차례나 감옥살이했고
그냥 끝나버리는 인생이 너무 서러워
정년 전 복직을 요구하며
서울 강남역 사거리 철탑 위에 올라가
고공농성을 하고 있는데
철탑 고공농성 43일째 되는 날
기막히게도 그는

60살 생일이자 정년을 맞이했다
우리가 몇 년 전
촛불을 들고 광장에 빠지지 않고 나갔던 이유는 최소한
자신의 얘기를 들어 달라는 일에
목숨을 걸어야 하는
그런 광경을 이제는 보지 않기 위해서였는데
그래서 더는 이런 목숨을 건 단식과 농성은 없을 줄 알았는데
그러나 인간 새 김용희는
지금 강남역 사거리 철탑 위에서…

어느 늙은 '소위' 386 노동자의 죽음

익산에서 공부를 잘해 성대 법대에 입학했다
가족과 익산 지역의 자랑이었다
집안에서 검, 판사
아니면 최소한 변호사라도 하나 나오는 줄 알았다
대학 입학 후 처음으로 '광주'의 진실을 알게 됐다
자연스럽게 '운동권' 학생이 됐다
그 후 한 번도 '현장'을 떠나지 않았다
결혼도 안 했다
고단한 삶은 흘러 흘러
사고무친 한 홍성에 와서 작은 공장 노동자로
노동조합 활동을 하며 살아왔다
며칠 전 출근을 안 했다
이상하게 여긴 동료들이 경찰에 신고했다
혼자 사는 집에서 홀로 죽어 있었다
죽기 전 너의 머릿속에 떠올랐을 마지막 생각이 궁금하다

'자신의 삶은 궁극적으로 자기가 스스로 책임지는 것'
이라는 말은
맞는 말이기는 하지만
아는 이 하나 없는 곳에 와서
빛도 이름도 없이 홀로 스러져간 너를 생각하니
내가 너의 가족이라서 더, 미안하다
삼규야, 고생했다
애 많이 썼다
이제 그만 푹 쉬어라

무지개 타고 하늘나라로 올라간 세희야!

- 세월호 기억시 2학년 9반 임세희

무지개 타고 하늘나라로 올라간 세희야
아빠야
그곳에서 잘 지내고 있지
네가 수학여행 떠나던 날
너와 나눈 말을 생각하면 아직도 가슴이 저리구나
넌 배 타고 가기 싫다고 했지
아빠는 '큰 배는 빨리 가라앉지 않으니까
사고 나도 통제에만 잘 따르면 된다'고 말했지
통제에만 잘 따르라니…
지금 생각하니 내 속이 뒤집히는구나
세희야! 너는 유독 아빠 말을 잘 들었지
항상 아빠 말이 옳았다며
그것 때문에 이 아빠는 더 가슴이 아프구나
네가 물 밖으로 나오던 날은 4월 25일
사고 나고 열흘째였어
네가 올라온 날 생각하면 지금도 미안하구나

진도 체육관 우리 가족이 앉아 있던 자리로 나비 한 마리가 날아왔지
나비는 우리 자리를 한 바퀴 돌았어
네 큰이모는 오늘 아무래도 세희가 올 것 같다고 했지
그날 169번째 시신이 올라왔어
그런데 너하고는 인상착의가 좀 달랐어
전에도 두어 번 너와 비슷한 시신이었지만 네가 아니었지
오후까지 169번의 가족이 나타나지 않았어
169번이 가족을 못 찾고 기다리는 걸 보고
아이고 저 부모는 자식도 못 알아보고 그럴까, 생각했지
오후 3시쯤 DNA 결과가 발표되었어
아, 그런데 세희 너였던 거야
엄마랑 아빠는 미안해서 얼마나 울었는지 몰라
자식을 몰라본 게 얼마나 미안했는지…
아빠는 아직도 일 끝나면 전국으로 간담회를 다니고 있어

낮에 가야 하는 거면 휴가 써서 가고

아빠가 서해 페리 사건을 옆에서 지켜본 사람이잖아

그때 아빠는 전주에서 방범순찰대 의경으로 근무하고 있었어

21년 후 내가 그와 비슷한 세월호 사건을 겪은 거지

아빠가 방패를 들고 있으면 유가족들이 와서 아빠를 때렸지만

유가족들을 보면 가족을 잃은 심정은 대체 어떤 심정일까

진짜 슬펐어

그때로부터 무려 21년이 지났는데도 우리 사회는 바뀐 게 전혀 없어

그때 만일 특별법이 제정됐더라면 세월호 참사가 났을까

그때는 배에서 다 나왔는데

배 있는 곳으로 구조하러 가는 시간이 오래 걸려서 다 죽고 말았어

배에서 나왔는데 죽었으니 그때도 어처구니없었지만
세월호는 밖으로 나왔으면 구조할 수 있는 거였으니까
더 화가 나고 미치겠는 거야
진실을 밝히는 게 뭐가 중요하냐고 하는 사람들이 가끔 있어
썩은 데가 있으면 그곳을 파내고 새살을 돋아나게 해야 해
제대로 된 진상규명을 못 하면
제2, 제3의 세월호 참사가 나지 않으리라는 법이 없잖아
아빠는 일 끝나고 전국으로 간담회에 가서 얘기하지
특별법은 유가족에게 필요한 것이 아니라
안전한 세상에서 살고 싶은 국민 모두에게 필요한 거라고
사실 특별법은 엄마 아빠에게 필요한 것이 아니야
왜냐하면 너 없는 우리 가족은 아무리 발버둥쳐도

옛날 행복했던 가정으로 돌아갈 수는 없을 테니까

지금은 뭘 해도, 아무리 즐거운 일을 해도 행복하지는 않아

네가 이 세상에 없는데 어떻게 행복할 수 있겠니

49재 날이었어

너의 영혼을 하늘로 보내는 천도재를 지내러 부산 사찰에 내려가는 날

고속도로에서 신비한 광경을 보았어

먹구름을 뚫고 황홀하게 찬란한 무지개가 하늘에 선명하게 걸린 거야

아, 무지개는 그날 네가 하늘로 올라갈 때 디뎠던 다리였어

세희야, 지켜 주지 못해 미안해

그리고 사랑해

이 세상에 엄마 아빠의 딸로 와 줘서 고마웠어

이제 행복한 표정으로 엄마 아빠의 꿈속으로 놀러 오렴

무지개 타고 하늘나라로 올라간 세희야
조향사가 되고 싶었던 세희야
단 한 번도 아빠 속을 썩이지 않았던 세희야
고구마 맛탕, 콘치즈를 잘 만들었던 세희야
방학 때면 볶음밥을 만들어 동생을 먹였던 세희야
세희야! 지켜 주지 못해 미안해
그리고 사랑해
이 세상에 엄마 아빠의 딸로 와줘서 고마웠어
우리 네 식구,
엄마 아빠, 그리고 사랑하는 네 남동생
너 먼저 간 하늘나라에서
꼭 다시 만나자

* 이 시는 〈세월호 약전〉을 바탕으로 시 형식으로 재구성한 것입니다.

| 해설 |

라오스가 맺어준 인연이 시를 낳다

최성수(시인)

그 겨울의 라오스

벌써 10년도 전의 일이다. 나는 그 무렵 라오스를 떠돌고 있었다. 그리고 그 여행길에서 일상의 시간으로 돌아온 지 오랜 시간이 흘렀다. 그러나 요즘도 가끔 그 여행길을 떠올린다. 그것은 아마도 그 여행 이후 세상을 향한 길이 모두 막혀 버렸던 코로나라는 사회적 재앙 때문이기도 하고, 더는 여행을 마음 놓고 할 수 없는 건강상의 문제가 내게 닥쳤기 때문이기도 하다. 하지만 그 여행길이 자꾸 떠오르는 것은 그런 조건들 때문만은 아니다. 마지막이 된 그 여행지가 바로 라오스였기 때문이다. 라오스, 하면 지금도 얼굴에 미소가 지어진다.

그해 겨울, 마음이 맞는 벗들과 라오스를 종주했다. 수도인 비엔티안에서 시작해 남쪽 빡세와 메콩의 라오스 하류인 시판

돈, 다시 북쪽으로 루앙프라방에서 방비엥을 거쳐 비엔티안에서 돌아왔다. 그런데 그 길은 단지 지리적 거리만 긴 길이 아니었다. 그 여행은 우리가 살아온 과거의 시간을 거꾸로 돌아가 걷는 길이었다. 그곳에는 궁핍한 삶 속에서도 서로를 보듬고 살아가는 사람들이 있었고, 자본화된 사회의 눈으로는 미개하다고 할 순수한 자연이 있었고, 그리고 무엇보다도 과거의 내가 가는 곳곳마다 나를 지켜보고 있었다. 이제는 잊어버린, 그러나 나이 드니 때때로 되살아나는 어린 날의 우리가 살아온 풍경과 삶의 모습이 고스란히 남아 있었다. 평생 여러 나라를 떠돈, 그것도 현대 문명과 거리를 많이 두고 있는 곳들을 주로 떠돌았던 나였지만, 라오스에서 가장 많이 생각에 잠겼고, 무시로 아득해졌다.

방비엥에서 있었던 일이다. 그날 밤사이 갑자기 기온이 떨어졌고, 모두 한국에서 입고 간 겨울옷을 꺼내 입어야만 할 정도였다. 게다가 비가 부슬부슬 내리고 안개가 자욱하게 끼었다. 궂은 날씨에 우리는 새벽 시장에 구경을 갔다. 그곳에서 귀퉁이에 채소를 쌓아 놓고 파는 아이들을 몇 만났다. 갑자기 추워진 날씨 때문인지 채소는 팔리지 않고 가져온 채로 그대로 남아 있는 듯했다. 새벽 시장을 나와 아침을 먹고, 그날의 일정을 따라 블루라군으로 향하는 길이었다. 비는 그쳤지만 길은 비포장이라 미끌미끌했다. 우리가 탄 차는 자주 미끄러지면서 얼음판을 달리는 곡예 운전을 했다. 그렇게 한참을 가다 보니 눈앞에 산과 들판이 어우러져 아름다운 풍경이 나타났다. 석회암 지역이라 산의 모습은 기묘하게 휘어져 있었고, 그 앞으로는 벼를 심은 논과 채소를 심은 밭이 안개 속에서 은근하게 빛나고 있었다. 풍경에 반해 차에서 내려 사진기를 들이댔는데, 그때 아이들이 그 길을 걸어가고 있었다. 새벽 시장에서 채소를 늘어 놓고 팔던 바로 그 아이들이었다. 온몸에 안개를 칭칭 감고, 등에 망태기 같은 바구니를 멘 채 재잘재잘 웃고 떠들며 돌아가는 그 아이들은 맨발이었다. 반가운 마음에 다가가 인사를 하며 보니 바구니에는 팔지 못한 채소가 반 넘게 남아 있었다. 그래도 아이들은 환하게 웃으며 우리를 향해 두 손을 모아 합장하며 인사해 주었다. 세상에서 가장 아름다운 미소가 거기 있었다. 같이 사진을 찍고, 마침 옆에 있는 구멍가게에서 과자를 몇 봉지 사서 나누어 주자 아이들은 연신 합장 인사를 했다. 그들은 자신들의 요구를 강요하지도 않고, 적당히 거절도 할 줄 알면서 진심으로 고마워하는 순진과 무구를 그대로 간직한 존재들이었다. 그 아이들이 걸어가는 뒷모습을 보며 나는 갑자기 속 깊은 곳에서 마구 터져 나는 울음을 참을 수가 없어 돌아서고 말았다. 나름 오지로 취급되던 여러 나라를 떠돌았던, 아프고 슬프고 안타까운 아이들의 모습을 숱하게 보아 왔던 내게 라오스 아이들의 미소는 처음 만나는 묘한 감정을 터져 나오게 했다. 돌아보니 아이들은 질퍽한 진흙길을, 사 준 과자를 소중하게 안고 재잘거리며 걸어가고 있었다. 집에 가지고 가서 동생들과 나누어 먹으려는 그 마음이 고스란히 짚여 왔다.

라오스에 가면 그 아이들 같은 환한 미소를 곳곳에서 만날 수 있다. 팍세의 왓푸 사원 올라가는 길, 커다란 참파꽃 그늘에서 떨어진 꽃잎을 모아 돌판에 하트 모양의 꽃 그림을 그리던 두 소녀의 웃음은 그대로 부처의 염화미소였다. 방비엥 시골 마을을 걸을 때, 마루 끝에 앉아 뜨개질하는 아내를 바라보던 젊은 부부도, 시골길을 가다 만난 수박을 파는 아주머니도, 루앙프라방의 푸시산을 오르다 만난 할아버지도 모두 그런 웃음을 지어 보였다. 라오스는 그래서 미소가 아름다운 나라고, 사람이 고운 나라다. 나는 라오스 여행을 떠올리는 순간마다 속 깊은 곳에서 피어오르는 웃음이 저절로 나온다.

미소에 다가서는 법

루앙프라방에서 방비엥 쪽으로 넘어오는 옛길은 절대로 호락호락하지 않다. 히말라야산맥의 끝자락이 이어진 탓일까. 험준한 산과 고개를 넘어야 한다. 지금은 기찻길이 열리고, 고속도로도 생겼지만, 옛 풍경과 사람들을 만나려면 여전히 그 길을 넘어야 한다. 그 어디쯤, 작은 시골 마을에 낡은 학교가 하나 자리 잡고 있다. 방갈로 초등학교다. 신현수 시인과 라오스를 이어 준 인연이 깊은 학교다. 사실 방갈로 초등학교를 먼저 방문했던 것은 나였다. 버스를 타고 루앙프라방을 떠나 방비엥으로 향하는 길이었다. 함께 간 일행들이 모두 교직에 있거나 있었던 사람들이라 학교를 보면 꼭 들러야 할 의무감 같은 것이 있었는지도 모르겠다. 내가 여행 가자는 깃발만 들면 언제나 모이는 '여행 친구'들이라 갈 때마다 우리는 학교 방문을 염두에 두고 학용품이나 사탕 따위를 준비하곤 했었다. 낡은 학교지만 아이들은 60여 명이나 되었다. 교문 앞에서 사탕을 나누어 주자 아이들이 우르르 몰려들었다. 다른 나라에서는 먹을 것을 나눠 주면 서로 달려들어 손을 내밀었는데, 라오스 아이들은 좀 달랐다. 그들은 너도나도 손을 내미는 대신 사탕을 꺼내 줄 때까지 그저 우리 곁에서 다소곳이 올려다보고 있었다. 그리고 사탕을 나누어 주면 받은 사탕을 손안에 포갠 채 두 손을 모아 인사하며 환하게 웃어 주었다. 수줍게 "사바이디!" 하고 인사를 하며 돌아서던 아이들, 그 모습이 영영 잊히지 않는다.

교무실로 가서 선생님들을 만나고, 학교 사정을 듣고, 우리는 가져간 학용품들을 전달하고, 즉석에서 호주머니를 털어 조금의 기금을 전달했다. 급수시설이 아직 밖에서 학교 안으로 연결되지 않았다는 얘기에 그 비용(정말 우리로서는 얼마 안 되는 금액이지만)을 갹출한 것이다. 그 소문이 퍼졌는지 학교를 나오자 동네 사람들이 우리를 데리고 마을 사랑방 같은 곳으로 가서 술을 대접했다. 특별한 안주가 있는 것도 아니고, 그저 항아리에 둘러앉아 빨대로 한 모금씩 술을 빨아 먹는 자리였다. 그런데 그 술자리가 세상 어느 자리보다 더 고급스럽고 술이 맛있었던 것은, 그곳에 모인 마을 사람들이 모두 세상에서 가장 아름다운 미소를 지니고 있었기 때문이었다. 서로 술을 권하고 통하지 않는 말을 주고받으며 짓던 그 미소는 마음의 웃음이었다.

방갈로 마을을 떠나 다시 일상 속으로 돌아온 어느 날이었다. 늘 시집을 줄 때, "사랑하는 친구"라고 써 주는 오랜 벗 신현수가 전화를 걸어왔다. 그와 나는 시인으로서보다 동지로 먼저 만났다. 전국교직원노동조합을 만들었다는 이유로 수많은 교사가 사랑하는 아이들 곁을 떠나야 했을 때 맺어진 인연이고, 글을 쓰는 교사들의 단체인 교육문예창작회에서도 만났다. 처음에는 서로 '선생'이라고 불렀지만, 오래지 않아 같은 연배라는 이유로 친구가 되었다. 어쩌면 연배가 같아서가 아니라 뜻이 맞아서였을 것이다. 자주 연락하지 않아도 늘 내 곁에 있는 벗 같은 사이로 그는 인천에서 나는 서울에서 살아왔다. 내가 퇴직하고 성북동에서 '성북동천'이라는 마을 단체를 만들어 활동할 때, 그 모임의 행사인 '성북동, 시인과 만나다'에 기꺼이 찾아주기도 했다. '성북동천'에서 마을 잡지 '성북동 사람들의 마을 이야기'를 발간할 때는 원고료도 없는 글을 단지 내 부탁만으로 스스럼없이 기고해 주기도 했다. 그는 늘 내가 무슨 부탁을 하면 두말없이 "그러지 뭐."하고 들어주곤 했다. 라오스 종주에서 돌아온 후 어느 날이었다. "성수야, 내가 이번 겨울에 친구들과 라오스 여행을 가려고 해. 믿을 만한 현지 가이드 한 명 소개해 주라. 너 지난번에 갔을 때 안내했다는 사람도 좋고." 그 말을 듣자마자 나는 내 여행길의 현지 벗이었던 김경준 씨를 떠올렸다. 현지에서 라오스인 아내와 결혼해 아이 낳고 잘살고 있는 그의 순박한 삶을 여행 내내 보았던 터라 그만한 가이드도 없었던 것이다. 그와 연락을 하고 다시 신현수에게 그의 연락처를 알려 주는 것으로 나의 역할은 끝이었다. 여행을 잘 다녀왔는지, 라오스에 대한 느낌은 어땠는지 그런 것을 나는 꽤 오랫동안 묻지도 않고 지나왔다. 그런데 어느 날 '방갈로 초등학교를 돕는 모임'을 만든다는 소식을 전해 왔다. 그제야 문득 그 학교와 아이들이 떠올랐다. 먼지 자욱하던 산골 마을의 그 학교, 수도가 들어오지 않아 불편이 크다는, 낡고 해진 옷을 촌부처럼 입고 순수한 얼굴로 아이들을 돌보던 교장 선생님과 다른 선생님들, 교문 앞에서 사탕을 나누어 줄 때 한 소녀가 눈물을 글썽이며 돌아서던 모습(모두 사탕을 받아들고 신나 하는데, 그 소녀는 내게 이제는 사탕이 없는 것을 알고 글썽였단다. 달라고 떼쓰지 않고 서러움을 제 안으로 삭이며 돌아서던 소녀에게 나는 저혈당 대비용으로 가지고 있던 사탕을 모두 털어 주면서 마음이 따뜻해졌었다. 대부분의 여행지에서는 더 달라고 떼쓰고 심할 때는 내 손의 것들을 빼앗듯 가져가 버리기도 하는데, 라오스 아이들은 멀리서 보고 슬픔을 제 안으로 삭혀 버리곤 했다), 한 항아리의 술을 여럿이 나누어 빨대로 빨아 먹었던 기억도 되살아났다. 그리곤 역시 신현수답다는 생각이 들었다. 그는 내가 아는 사람 중에서 가장 추진력이 좋은 친구다. 온갖 모임을 만들고, 그 모임의 중추적 역할을 해 내면서도 전국이 좁다 하고 모든 행사나 일에 빠지지 않는다. 그 바쁜 와중에도 쉼 없이 일을 만들고 행사를 해낸다. 가끔 그를 아는 사람들은 불가사의라고 말하기도 할 정도다. 라오스 여행에서도 그는 그 여행을 그냥 일상에서 벗어나는 일쯤으로 생각하지 않고 새로운 일과 역할을 생각해 낸 것이다. 지극히 그다운 일이다. 그 후 그가 만든 '방갈모(방갈로 초등학교를 돕는 모임)'에는 매달 일정한 회비를 내는 사람들이 점점 늘어났고, 학교에 전기를 넣어 주는 것은 물론, 학용품과 컴퓨터 등 학교에서 필요한 물품을 보내는 사업 등등, 수많은 일을 벌여나갔다.(사적인 얘기지만, 내가 주변 선생님들과 함께 만든, 우리 동네에 시집온 베트남 댁 람풍의 조카 의대 학비를 지원해 주는 모임인 'Ry와 함께'에도 방갈모에서 매달 일정 금액을 지원해 주기도 했다. 그 리는 이제 졸업하고 의사가 되어 고향의 병원에서 환자를 돌보고 있다. 그의 마음은 라오스만이 아니라 베트남까지 이어져 세상을 좀 더 의미 있는 곳으로 만들어가고 있다.)

방갈로 초등학교를 돕던 그의 꿈이 한 발 더 내디딘 곳은 학교 설립이었다. 그는 루앙프라방에 한글학교를 세우겠다는 포부를 갖고 '한글학교 건축 기금 마련을 위한 벽돌 쌓기' 사업을 추진했다. 그리고, 오랜 각고의 노력 끝에 드디어 루앙프라방에 한글학교를 여는 것으로 이어졌다. 온갖 어려움을 겪으며 학교를 세우고, 루앙프라방주 당국의 허가를 받아 내고, 마침내 한글학교를 연 지 벌써 몇 해가 되었다. 회원들이 서로 번갈아 현지에 가서 서너 달 동안 아이들을 가르치는 그 일은 사랑이 없으면 불가능한 것이리라. 그것은 라오스에 대한 사랑일 뿐만 아니라 세상 아이들에 대한 사랑이고, 궁극적으로는 이 세상에 대한 사랑이다. 늘 교육이야말로 사람의 권리를 세우는 기초라는 그의 주장대로 그는 라오스 루앙프라방 한글학교를 통해 세상에 대한 사랑의 꿈을 펼쳐 가는 중이다. 그래서 그는 천생 교사고 시인이다. 시인이 별거겠는가? 언어로 세상의 지향해야 할 길을 가르쳐 주는 존재 아닐까?

모든 시는 라오스로 통한다

그의 이번 시집 뒷글을 다는 자리를 너무 시와 관련 없어 보이는 이런 이야기로 시작한 것은, 그가 루앙프라방의 한글학교를 통해 꾸는 꿈이 바로 이번 시집의 온전한 전부이기 때문이다. 그가 그 꿈을 향해 걸어온 길도 다 시이기 때문이다. 그의 여덟 번째 시집인 이번 시집은 바로 라오스에 대한 헌사다. 시집의 제목도 그래서 한글학교가 있는 라오스의 북부 산간 도시인 "루앙프라방에서 보낸 편지"다. 실제로 한글학교를 만들고 난 뒤 그는 한동안 루앙프라방에 거주하면서 학교 뒤치다꺼리와 아이들 가르치는 역할을 해 냈다. 그 경험과 방갈모와 방갈모한글학교를 만드는 과정에서의 느낌과 경험들이 그래서 이 시집에 고스란히 녹아 있다.

1, 2부는 특히 모두 그의 꿈을 향해 걸어온 길에서 만난 라

오스에 대한 노래다. 1부의 첫머리 시 두 편은 탁밧을 그려내고 있다. 라오스는 불교 국가다. 많은 이들이 루앙프라방을 여행하면 꼭 참여하는 행사 중 하나가 탁밧이다. 루앙프라방은 도시 전체가 세계문화유산으로 지정된 곳이다. 수많은 유적과 그 안에 깃들여 사는 순한 사람들, 도시 자체가 과거와 현재가 뒤섞여 있는 독특한 모습을 보여 준다. 그 중의 첫째 풍습으로 손꼽는 것이 탁밧이다. 탁밧은 한자로 '탁발托鉢'인데, 스님들의 밥그릇인 발우에 시주를 받는 것을 말한다. 루앙프라방의 새벽 어스름 속에서 탁밧 스님들을 기다리며 줄을 서서 공양할 음식물과 꽃들을 바구니에 담고 기다리는 모습은 구경하는 사람들조차 마음이 성스러워지는 풍경이다. 「탁밧. 1」에서 핵심이 되는 시어는 물론 '탁밧' 이지만, 그 시어의 안쪽에 자리잡은 핵심어는 '탐욕'이다. 그리고 탁밧과 탐욕을 이어 주는 매개어는 맨발이다. 탁밧이라는 실제적 '의식儀式'이 있고, 그 탁밧을 하는 행위는 맨발이라는 현실로 드러난다. 그리고 맨발은 탐욕이라는 세상의 욕망을 벗어 버리는 '의식意識'으로 승화된다. 세속의 욕망을 벗어나 함께 일상을 살아가는 라오스 사람들의 삶의 자세를 시집의 첫머리에 놓아 둔 시인의 큰 그림이 보인다. 「탁밧. 2」는 욕망의 질곡에서 벗어나는 길을 노래한다. 그 방법은 '나눔'이다. 루앙프라방의 새벽, 주황색 승복을 입은 스님들이 나타나기 전부터 이미 시주를 할 사람들은 신성해져 있다. 나는 그 모습을 바라보며 한없이 먹먹해진 적이 있었다. 그들의 얼굴은 신성하면서도 한없는 기쁨이 배어 있었고, 그리고 무엇보다도 기품이 있어 보였다. 저 평안하고 그윽한 표정들은 어디에서 온 것일까, 곰곰 생각해 보기도 했었다. 그 근원은 '나눔'이었다. 시주 행렬의 끝에는 빈 바구니나 그릇을 든 꾀죄죄한 사람들이 이어져 있었다. 그리고 스님들은 받은 음식이나 공양물들을 그들에게 나누어 주었다. 어려움 속에서도 제 것을 나누어 줄 줄 아는 마음, 받은 공양물을 가난한 이들에게 나누어 줄 줄 아는 자세, 그것들을 감사한 마음으로 받을 줄 아는 마음, 이 셋이 하나가 되는 의식이 '탁밧'인 것이다. 「탁밧. 2」는 이런 나눔이 라오스 사람들의 삶의 자세임을 노래한다. 제 "몸을 지탱할 만큼"만 먹겠다는 것, 그것이 바로 무소유의 일상화임을, 탁밧의 정신이고 라오스 사람들이 삶을 대하는 자세임을 시인은 탁밧을 보며 깨닫고 있다. 라오스 사람들이 순수한 미소를 간직할 수 있는 것도 이런 마음에서 비롯된 것일지도 모른다.

이번 시집 『루앙프라방에서 보낸 편지』의 전체를 꿰뚫는 중심어는 이 두 시의 결론인 '나눔'이다. 그 나눔이 단지 라오스라는 현실적 공간에만 존재하는 것이 아니라 이 지구라는 별에서 살아가는 모든 존재가 지녀야 할 삶의 덕목임을 그는 이번 시집을 통해 우리에게 설파하고 있다. "웃고만 있어도 보시하는 거"(「화안시」)라는 말이야말로 나눔의 극치다. 나눔은 물질로 하는 것이 아니라 내가 가진 모든 것을 내어주는 것이라는 깨달음에 이르는 것이 그의 시가 도달한 지점이다. 그리고 신현수는 그 깨달음을 루앙프라방의 일상에서 발견한다. 학교

앞에서 구운 바나나를 팔던 아주머니는 한 개를 덤으로 얹어 주고(「삥막꿔이」), 고작 4백 원짜리 꽈배기 몇 개에 수없이 고개를 조아리며 감사 인사를 하는 아저씨의 감사도(「꽈배기 아저씨」), 루앙프라방 야시장에서 언니의 일을 도와주는, 셔츠값을 받지 않겠다는 완니다도(「완니다」) 모두 일상의 나눔을 실천하며 살아가는 존재들이다. 시인은 라오스 사람들의 일상에서 이들의 나눔의 자세를 바라보며 비로소 자신이 라오스를, 라오스 사람들을 좋아하는 이유를 찾아내게 된다. 그것은 바로 나눔에서 비롯된 순수다. 나눔은 비움에서 온다. 비움은 욕망을 지우는 데서 비롯된다. 욕망을 지우고 '나'만을 고집하지 않으니 자신을 비울 수 있게 되고, 그런 마음이 속 깊은 곳에서 우러나 미소로 드러나는 것이다. 나는 라오스 여행 내내, 아니 여행에서 돌아온 뒤에도 라오스를 떠올리면 언제나 라오스 사람들의 그 미소가 먼저 떠오르곤 했다. 인사를 할 때면 두 손을 합장하듯 포개고 '사바이디' 하며 한없이 부드러운 미소를 지어 주던 사람들. 저 한없이 온화한 미소는 나누고 비우는 데서 비롯된 것이다. 이 시집은 그런 신현수 시인의 자기 고백 같은 것이다. 그는 라오스 사람들의 이런 삶의 자세를 라오스의 곳곳에서 발견하고 마침내 자기 삶의 자세로 확산시켜 낸다. 동네를 돌아다니는 떠돌이 개(「개밥바라기별」), 곳곳에 나타나는 도마뱀(「도마뱀」), 자신의 발을 물어 버린 고양이(「라오스 고양이」) 같은 생명체들이 모두 그에게 깨달음을 주는 존재들이다. 괴물에게 자신을 제물로 바친 전설을 간직한 참파꽃(「라오스 국화 참파꽃」), 학교 마당에서 자라는 야자나무(「야자나무」), 심지어 「우기」 같은 날씨도, 인공 건축물인 공항(「루앙프라방 공항」)에서도 시인은 라오스다운 삶의 자세를 발견해 낸다. 느긋하고 넉넉하게 기다리며 견딜 줄 알고 제 욕망을 비워 나 아닌 다른 존재의 입장을 배려해 줄 줄 아는 자세, 그것이 라오스의 미소임을 그는 마침내 찾아낸 것이다. 비가 많이 내려 땅이 질고 안개마저 자욱한 어느 날 방문했던 방갈로 초등학교 아이들이 눈에 밟혀서 모임을 만들고, 학교 담장과 놀이터를 만들고 수도도 놓아 주고(「나의 사랑법」), 한글학교를 짓고 직접 가서 살면서 한글 교사가 되기도 한 그의 사랑의 방식은 어쩌면 라오스의 미소가 그를 불러낸 결과일지도 모른다.

세상 곳곳이 다 라오스다

라오스를 떠나 일상의 공간으로 돌아온 시인은 온전히 라오스의 꿈에서 벗어날 수 있을까? 대답은 '아니다' 쪽이다. 사실 꿈에서 벗어나면 꼭 현실이라고 할 수는 없다. 굳이 장자식으로 말하지 않더라도, 꿈이 현실인지, 현실이 꿈인지 두 세계는 혼재되어 있음을 시인은 경험과 직관으로 깨닫고 있다. 그래서 3~5부의 시에는 라오스라는 말이 한마디도 나오지 않지만, 그 세계는 지극히 라오스적이다. 현실 세계를 노래하는 그의 시들은 모두 그 무대가 한국에서의 일상의 공간이다. 평생을 학교에서 일하면서 더 나은 사회를 만드는 역할에 힘을 보태며 살아온 사람이 퇴직했다고 해서 전혀 다른 인간으로 살아갈 수 있는 것은 결코 아니다. 어머니를 모시고 치매 검사를 하기 위해 보건소로 간 날, 그는 보건소 근처 자신이 퇴직한 학교를 바라보며 눈물을 찔끔 흘린다. 그리곤 자신의 위치를 문득 깨닫는다. 다른 뭣도 아니고 자신은 '결국 선생이었'다는 것을(「명퇴, 그 후」) 비로소 깨닫게 되는 자신의 정체성, 이는 퇴직이라는 변화된 환경 속에서 비롯된 자기 성찰의 결과다. 물론 그 이전의 시들에서도 그의 시의 중심 발언 방식은 반성과 성찰이었다. 다만 그 이전 시에서 그가 주로 현실과 직접 맞닥뜨리며 반성과 성찰을 끌어냈다면, 이번 시집에서는 그 방식이 내면에 더 닿아 있다. 그가 이렇게 더 내면을 돌아보게 된 것은 어디에서 연유된 것일까? 시집의 시들에서 나타나는 이유는 퇴직이라는 현실적 조건도 있지만, 죽음에 더 많이 닿아 있다. 그리고 가장 큰 배경이 '라오스의 꿈'과 맞물려 있다. 1, 2부의 시 중심이 라오스라면, 3~5부의 시는 자신과 주변의 사람들이 중심이다. 특히 눈길을 잡아당기는 사람을 꼽자면, 규하와 박예희 여사와 사회 속의 사람들이다. 규하는 시인의 큰 손자다. 태어나서부터 마스크를 쓰고 살아야 했던 '코로나 시대'의 아이, 손자의 이름을 부르면 절로 목소리가 높아지는, 자신도 모르게 눈물이 흐르는 손자를 보며 그는 이런 상황을 초래한 어른들이 지구에 저지른 죄(「세 살, '규하'라는 선물」), 그는 인간에 대해 성찰을 하게 된다. 규하는 미래의 존재다. 그 미래의 존재에 대한 현재 존재의 성찰이 이 시라면, 박예희 여사는 과거의 존재다. 박예희 여사는 시인의 어머니다. 치매를 앓고 기억을 잃어 가는 존재, 과거의 삶을 사는 존재인 어머니는 퇴직하고 노년의 삶을 살아가야 하는 시인 자신의 가까운 미래를 상징적으로 보여 주는 존재다. 8대 종손인 시인을 낳고 그 아들이 중학교 3학년이 될 때까지 떡을 해 주셨던(「먼 길. 1」) 어머니의 마음이 어쩌면 시인을 여리고 순하면서 뚝심 있는 사람으로 키워 낸 것은 아닐까? 시집의 원고를 읽다가 어머니가 떡을 해주신 얘기에서 나도 모르게 볼에서 눈물이 흘렀다. 열 몇 살에 시집와 아들 못 낳는다고 온갖 구박을 받다 노산으로 나를 낳으셨던, 그래서 부정 타지 말라고 열 살 때까지 내 생일마다 수수팥떡을 해 주셨던 우리 어머니가 떠올라서였다. 한 인간을 낳아 길러 제 목숨값하고 살게 만들고 이제는 과거의 존재로 남아 있는 세상의 모든 어머니는 비슷하고 위대하다. 텔레비전을 보다가 벌떡 일어나 커피를 마시고 있는 아들에게 커피를 타 주려고 냄비의 물을 데우시는 치매 걸린 어머니(「먼 길. 4」)와의 작별을 다룬 시들은 그래서 더 아득하고 눈물겹다. 새로 태어난 규하와 작별을 앞둔 어머니는 탄생과 죽음을 상징하지만, 실은 같은 존재다. 어머니는 규하의 미래고, 규하는 어머니의 과거다. 그리고 시인은 그 중간쯤에 서서 어머니의 길을 향해 가고 있다. 미래인 규하와 과거인 어머니를 바라보는 마음을 잘 드러낸 시가 「두 마음」이다. 같은 걸 자꾸 물어도 규하에게는 화가 안 나고, 어머니에게는 금세 짜증이 나는 마음을 이 시는 노래하고 있다. 그런데 이 시는 단순히 그 마음의 이중성을 털어 놓는 게 아니다. 시의 깊은 속내는 그런 마음을 먹게 되는 자신의 마음에 대한 반성이다. 그러니 이 시 속에서 규하와 어머니와 시인은 마음이 같은 한 존재라고 할 수 있다. 어머니는 치매에 들면서 다시 규하 나이의 마음이 된 것이고, 시인은 자신의 두 마음에 대한 성찰로 두 마음과 같은 마음이 되기 때문에 그렇다. 그 마음을 순진, 혹은 순수라고 할 수 있지 않을까?

시집의 마지막 묶음인 5부 '어느 늙은 '소위' 386 노동자의 죽음'에 등장하는 인물들은 우리 사회를 올곧게 바라보고 몸으로 싸워 온 존재들이다. 평생 교단에 서서 제자들을 가르치고 시를 쓰며 살았던 그의 스승(「조재훈 전 1」, 「조재훈 전 2」), 미군 기지 반환 촉구를 위해 674일 농성을 한 김성진 「81년 만에 캠프 마켓 들어오니 네 생각이 제일 먼저 난다」), 전태일 열사와 그 후배 노동자들(「당신 자식들이 들어갈 수 없는 곳은 그 누구도 들여보내지 말라」), 부당 해고 철회를 외치며 철탑 농성으로 맞섰던 김용희(「김용희, 인간 새」), 노동 운동가로 공장 노동자로 살다 돌연사한 삼규 씨(「어느 늙은 '소위' 386 노동자의 죽음」), 세월호 희생자 단원고 2학년 9반 임세희 학생 (「무지개 타고 하늘나라로 올라간 세희야!」) 등이 5부의 등장인물이다. 이들의 공통점은 모두 우리 사회의 구성원 중에서 올곧은 의식을 가지고 살아왔고, 사회의 제도에 의해 희생된 분들이라는 것이다. 시인이 이런 인물들에 집중하는 것은 무엇 때문일까? 시인 자신이 그런 시선으로 사회 속에서 활동하고 살아왔기 때문일 것이다. 시인의 시선은 시인의 마음을 보여 준다. 그 마음이 바로 이 글의 첫머리에서 이야기한 '나눔'이라고 할 수 있다. 햇빛 비치지 않는 곳이 있어 양지가 더 밝게 보이는 법이다. 사람들이 주로 햇빛 쪽을 향하며 살고 있다면, 시는 슬픔과 그늘 쪽에 닿아 있다. 신현수 시인의 시는 그런 그늘 속에도 사람이 존재함을, 그들이 얼마나 따스하고 고운 나눔의 마음을 지니고 있는지를 노래한다. 그것이 또한 시인이자 교사인 신현수의 마음이기 때문이다.

라오스는 세계에서 가장 가난한 나라 중의 하나다. 정치 체제도 사회 구조도 심지어 경제 상황도 녹록지 않은 국가다. 그런데 왜 라오스 사람들은 그렇게 환한 미소를 지을 줄 알며, 아무리 누추한 집이라도 그 집 앞에 만든 손바닥만 한 밭은 그리 정갈할까? 그들이 다른 이들에게 하는 인사 '사바이디'는 왜 그토록 보는 이들 가슴을 가득 차오르게 할까? 그것은 그들의 마음이 풍요로 가득하기 때문이다. 그 풍요는 물질이 아니다. 배려하고 나눌 줄 알고, 내 삶을 비움으로써 다른 이의 마음을 채울 줄 아는 마음이다. 신현수는 잘 웃는 사람이다. 그가 웃는 모습을 보면 나는 늘 순진이라는 단어가 떠오르곤 했었다. 순진의 뒤에 따라붙는 단어가 '무구'다. 때 없음! 그가 해직과 교육운동, 시민운동, 문화운동 등 수많은 일을 잘 버무리며 살아올 수 있었던 것은 어쩌면 그의 마음에 순수와 때 묻지 않음이 녹아 있기 때문일 것으로 생각한 적이 있었다. 그 신현수가 라오스를 만났다. 순진과 무구한 두 존재, 라오스와 시인의 만남은 그래서 필연이다. 그 만남을 시로 일구어 낸 것이 이 시집이다. 그래서 라오스의 모든 존재와 규하, 어머니, 우리 사회의 올곧은 현장에 서 있는 존재들 모두가 이 시집에서는 하나인 셈이다. 그러니 이 시집 속 그의 시를 읽는 것은 라오스를 읽는 것이고, 그의 손자와 어머니를 읽는 것이고, 우리가 지금 이 자리까지 오도록 마음을 바쳐 살아온 이 땅의 모든 존재들을 읽는 일이다.

* 발문에는 시의 부분 인용을 최소화하고 전문 인용은 하지 않았습니다. 대신 언급되는 시의 제목을 밝혀 두었습니다. 시의 전문을 찾아보는 즐거움을 글이 빼앗지 않기 위해서입니다.